I0823530

VÍRGENES Y TOXICÓMANOS

MARIO MENDOZA

VÍRGENES Y TOXICÓMANOS

Obra editada en colaboración con Editorial Planeta – Colombia

Bajo el sello editorial PLANETA M.R.
Avenida Presidente Masaryk núm. 111,
Piso 2, Polanco V Sección, Miguel Hidalgo
C.P. 11560, Ciudad de México
www.planetadelibros.com.mx

Primera edición impresa en Colombia: abril de 2025
ISBN: 978-628-7779-28-0

Primera edición impresa en México: julio de 2025
Segunda reimpresión en México: octubre de 2025
ISBN: 978-607-39-3155-7

Impreso en los talleres de Litográfica Ingramex, S.A. de C.V.
Centeno núm. 162, colonia Granjas Esmeralda, Ciudad de México
Impreso en México – *Printed in Mexico*

Hay algo en el mundo que no funciona.

EMMANUEL CARRÈRE

ÍNDICE

PRIMERA PARTE

EL MUNDO CONOCIDO

CAPÍTULO I

Antón 15

1 17

2 23

3 27

CAPÍTULO II

Martín 31

1 33

2 37

3 41

CAPÍTULO III

Karla 45

1 47

2 53

CAPÍTULO IV

El Cuarto Rosa 59

1 61

2 65

3 69

CAPÍTULO V
Matías 73
1 75
2 81
CAPÍTULO VI
Katherine 87
1 89
2 93
3 97
CAPÍTULO VII
Los Elementales 101
1 103
2 107
3 111
CAPÍTULO VIII
Los bajos fondos 115
1 117
2 121
3 125
CAPÍTULO IX
La Mujer Escarlata 129
1 131
2 135
3 139

SEGUNDA PARTE
EL MUNDO DESCONOCIDO
CAPÍTULO X
Los Caballeros del Círculo Solar 145
1 147
2 151
3 155

CAPÍTULO XI
Pequeños trucos 161
1 163
2 167
CAPÍTULO XII
Un experimento 173
1 175
2 181
CAPÍTULO XIII
Los guardianes 187
1 189
2 193
3 197
CAPÍTULO XIV
Planos cuánticos 201
1 203
2 209
CAPÍTULO XV
El Rapto 215
1 217
2 221
3 227
4 229

EPÍLOGO
1 235
2 239
3 243
4 247

AGRADECIMIENTOS 251

PRIMERA PARTE

EL MUNDO CONOCIDO

CAPÍTULO I

Antón

1

Antón Echeverry siempre había tenido un principio de realidad fijo. Su vida oscilaba entre unas rutinas estrictas que le daban seguridad y tranquilidad. No había grandes altibajos ni sucesos extraños que alteraran esa paz. Acababa de cumplir cuarenta y nueve años y sentía que no tenía asuntos pendientes consigo mismo. Se sentía satisfecho con su trabajo (había defendido durante más de veinte años los derechos humanos en las zonas más apartadas de Colombia), tenía una buena posición económica y no le faltaba nada. Pero de un momento a otro se presentó un punto de quiebre, un agujero negro que lo había obligado a cargar dentro de sí una especie de melancolía para la cual no encontraba ningún antídoto posible.

La causa la conocía de sobra: tres años atrás, a la salida de una reunión de trabajo, su esposa Valentina había sufrido un accidente automovilístico. La condujeron en una ambulancia a la clínica más cercana y los médicos no pudieron salvarla. Cuando Antón llegó afanado, tembloroso, sin creer lo que había sucedido, ya era tarde: ella acababa de fallecer en Urgencias. Ese fue el suceso que fracturó su vida para siempre.

Lo curioso del accidente es que la muerte de Valentina no fue lo más doloroso. Al principio sí, por supuesto. La noticia lo dejó devastado, en llanto, con una sensación de orfandad de la cual no podía desprenderse. Pero el verdadero horror empezó cuando la aseguradora le explicó, después de una exhaustiva investigación, que no podían pagarle el monto del seguro de vida porque su mujer estaba ebria al momento del choque. Antón se negó a aceptar ese argumento y exigió las pruebas respectivas. En efecto, Valentina no solo había ingerido altas dosis de vodka, sino que sus exámenes de sangre indicaban también consumo de cocaína y éxtasis. No podía ser. Ella no bebía jamás y mucho menos iba a ponerse en el plan de mujer alocada a comprar y consumir sustancias prohibidas. Esa no era ella. Algo andaba mal.

Cuando Antón empezó a averiguar con las amigas de trabajo de Valentina, notó enseguida que ellas se ponían a la defensiva, como si él estuviera cometiendo una falta muy grave a su memoria. Eso aumentó sus sospechas. Eludían las preguntas, salían con evasivas y finalmente se ofendían y se retiraban sin darle una sola información que le fuera útil. Era evidente que estaban ocultando información, que le estaban cuidando la espalda a su esposa.

Decidió, entonces, contratar a un detective. Le explicó la situación y le dijo que deseaba saber cuál era la vida secreta de su esposa. El tipo le pidió un anticipo y le aseguró que en un mes le tendría alguna respuesta. En efecto, cuatro semanas después el sabueso se reunió con él y le dijo mientras sacaba de una carpeta varias fotografías:

—He seguido las pistas de las tarjetas de crédito y he tenido que hackear su correo electrónico y su WhatsApp.

—¿Y? —dijo Antón con una ansiedad que le hacía doler la cabeza.

—Su mujer se veía con este fulano —dijo el detective poniendo unas fotografías aparte.

—¿Quién es ese tipo?

—Armando Segura Potes, ingeniero de sistemas, treinta y cinco años, soltero, alcohólico, adicto a la cocaína y a la buena vida. Aparte de su mujer, con todo respeto, tenía dos amantes más.

—No puede ser.

—Un vividor, un sinvergüenza. Buscaba mujeres casadas y les ofrecía un poco de acción a cambio de algunos regalos.

—¿Qué regalos?

—Relojes, pasajes a la costa, reservas en buenos hoteles.

—¿Cuánto dinero se gastó Valentina en ese imbécil?

—Calculé, así por encima, unos cuarenta millones de pesos.

—¿Cuarenta millones? —dijo Antón abriendo los ojos de par en par y recordando que estaban ahorrando juntos para cambiar de casa y comprar una más grande.

—Es un cálculo aproximado.

—¿Y de dónde sacó toda esa plata?

—Primas de trabajo, bonificaciones y el resto fueron anticipos en sus tarjetas de crédito.

—¿Y se enamoró de semejante mamarracho?

—Eso sí no se lo puedo asegurar —dijo el detective poniendo otra secuencia de fotos sobre la mesa—. Lo que sí pude averiguar es que inició a la señora Valentina en el sadomasoquismo.

—¿Qué? Es como si estuviéramos hablando de otra persona.

—Estas imágenes son de un club BDSM que queda en Chapinero. Ella no está en las fotografías, pero es para que se haga una idea. Él la llevaba a ese lugar una vez al mes. No solo la amarraban y la golpeaban, sino que la colgaban del techo desnuda y luego la integraban a orgías con cinco o seis personas más.

—No quiero mirar —dijo Antón y se levantó de la mesa a tomar un poco de aire.

—Lo siento mucho —dijo apenado el detective—. Pedí permiso para sacar algunas fotos de los aparatos.

Antón no podía dejar de pensar en su esposa decente y recatada convertida de repente en una integrante de una escena porno. ¿Con quién se había casado? ¿Con quién había pasado los últimos veinte años de su vida? ¿Cómo era posible que lo hubiera engañado de esa manera? No podía dejar de preguntarse cuántas veces había llegado después de esas noches de orgías desenfrenadas a besarlo a él, a cenar y a dormir a su lado. Qué asco.

Finalmente, regresó a la mesa y le dijo al detective:

—No quiero saber más. ¿Cuánto le debo?

—Antes es mi deber decirle que su esposa sí consumía sustancias psicoactivas: cocaína, éxtasis y marihuana. Se aficionó a ellas en los moteles y en el club sado para disfrutar aún más las orgías.

—Suficiente. ¿Cuánto le debo?

El detective cobró y Antón le pagó con tal de que se fuera de inmediato. Necesitaba estar solo.

—¿Le dejo las fotos de los aparatos? —preguntó el hombre antes de salir.

—Llévese todo, por favor —le respondió Antón sintiendo que el dolor de cabeza se le incrementaba segundo a segundo.

El hombre salió y él se recostó en el sofá con la cabeza entre las manos. Sabía que la vida sexual con su esposa no había sido la mejor durante los últimos tres o cuatro años, pero esa disminución en el deseo era algo normal que experimentaban todas las parejas. La rutina iba creando un cierto adormecimiento que convertía la relación en una especie de hermandad cómplice. Pero no era como para salir a la calle a enloquecerse y a meterse en la cama con el primero que pasara. Y mucho menos entre látigos, correas y sexo grupal. Era de no creer que una mujer como Valentina, aparentemente dueña de sus emociones, fría y calculadora, terminara amarrada e izada en el aire mientras otros fulanos se masturbaban o se preparaban para bajarla de allí y penetrarla a su antojo. Las imágenes le dolían en el alma.

También le hacía daño pensar que ellos dos habían tenido un hijo, Martín, quien en ese momento tenía exactamente diecisiete años de edad. Cuando el joven había cumplido recién los dieciséis los llamaron una tarde para decirles que se encontraba en una clínica debido a un accidente automovilístico. En el carro iban varios compañeros del colegio y uno de ellos murió. Lo cierto es que luego, ya en urgencias, les comunicaron que Martín tenía varias vértebras rotas y que estaba en coma. No se sabía a ciencia cierta la causa del accidente. Un mes más tarde, cuando el joven despertó, quedó en claro que no podía mover las piernas y que había perdido la sensibilidad de la cintura para abajo. Lo sometieron a varias terapias, pagaron los mejores médicos, pero al final tuvieron que aceptar lo irremediable: Martín quedó con una discapacidad de por vida.

A partir de entonces, el muchacho se volvió introvertido, silencioso y melancólico. Se cambió de colegio para no tener que enfrentar a todos sus amigos de infancia y se encerró en un mutismo del cual era difícil rescatarlo.

Por eso era tan complejo para Antón imaginar que mientras él daba la batalla junto a su hijo, Valentina se había dedicado a la lujuria, las drogas y el alcohol. Le habría gustado saber cuál era la explicación de llevar una doble vida licenciosa y llena de vicios. Le gustaría entender para no tener que juzgarla como lo estaba haciendo ahora.

2

Antón no lo pudo evitar y buscó al amante de su esposa en internet. Fue fácil ubicarlo: trabajaba en una empresa de plásticos y era el encargado de toda la plataforma digital de esa firma. Un tipo rutinario, repetitivo, con un físico del montón, sin nada sobresaliente a la vista. Le parecía mentira que Valentina hubiera estado desnuda con él en la cama, entregándose entre gemidos, besos y frases lujuriosas. No le cabía en la cabeza algo así.

Los fines de semana, el tal Armando Segura se iba de rumba y solía encontrarse con las dos mujeres casadas que mencionó el detective. Entraban a moteles y duraban en ellos dos o tres horas. Luego el tipo se iba a alguna discoteca a continuar la juerga hasta que cerraban el local y él se veía obligado a regresar a su apartamento en las primeras horas de la mañana. Así semana tras semana y mes tras mes. Nunca viajaba, nunca salía de la ciudad, nunca hacía otra cosa. Era un ser anodino, intrascendente, mediocre. ¿Qué le había visto Valentina a un fulano de ese estilo?

Antón pensó en olvidarse de todo y quedarse con la imagen de la Valentina que había sido una gran esposa y una buena madre para Martín. Pero no pudo, las imágenes de las orgías, de ella drogada y entregada al placer con desconocidos le llegaban a la cabeza a cada instante y lo estaban volviendo loco. Empezó a verse afectado en el trabajo y descuidó su relación con Martín, que lo veía como un fantasma entrando y saliendo en las horas de la noche o a la madrugada.

Antón se repitió muchas veces que lo mejor era dejar atrás esa parte de la vida de su esposa. Luego se dijo que tenía que confrontar a ese tipejo y darle una lección. Finalmente, optó por consultar a un especialista y pidió una cita con un psiquiatra que le recomendaron.

Era un consultorio sencillo en un antiguo edificio del norte de la ciudad. El doctor Zapata era un hombre de unos setenta años de edad, algo pasado de peso, de barba blanca y mirada felina. Tenía una voz gruesa de locutor de radio. Lo invitó a sentarse y le dijo con mucha amabilidad mientras sacaba una libreta y empezaba a anotar en ella con un bolígrafo desgastado:

—Cuénteme, señor Echeverry, ¿en qué le puedo ayudar?

—Mi esposa falleció hace poco en un accidente automovilístico.

—Lo siento mucho.

—Gracias. Mi problema no es solo lidiar con el duelo, con su pérdida, sino que descubrí que ella tenía una segunda vida.

—¿Y le molesta que no le haya hablado al respecto?

—Me molesta todo. Tenía un amante que era un empleado mediocre que la condujo a las drogas, al alcohol y al sexo salvaje.

—Vamos por partes, señor Echeverry. La expresión "empleado mediocre" implica un cierto desprecio social por parte suya. ¿Lo que le molesta es que su esposa se haya conseguido un amante de una clase social inferior a la suya? ¿Si hubiera elegido a un ejecutivo exitoso usted estaría más tranquilo?

—No, no es eso. Es que no entiendo cómo me pudo cambiar por un tipo de esa calaña.

—Ella no lo cambió, hasta donde tengo entendido.

—De alguna manera sí, porque no se acostaba conmigo y sí se acostaba con ese imbécil.

—¿Usted la solicitaba sexualmente y ella se negaba?

—No, no es eso.

—¿Entonces qué es, señor Echeverry? No entiendo su punto de vista.

—En los últimos años el deseo disminuyó y nos fuimos alejando un poco a ese nivel. Pero nos seguíamos queriendo mucho.

—Y entonces ella se consiguió un amante.

—Espere, espere. Hay algo que no le he dicho: tenemos un hijo de diecisiete años que quedó discapacitado el año pasado.

—No veo qué tiene que ver él en la ecuación.

—Que yo he estado a su lado cuidándolo con abnegación mientras ella se iba a moteles a pasársela de lo lindo. Remodelé la casa y puse una rampa para que mi hijo pudiera desplazarse sin problemas en su silla de ruedas.

—¿Ella descuidó a su hijo por irse a tener una relación extramatrimonial con otro sujeto? ¿Es eso lo que le disgusta?

—No, ella era una buena madre, quería mucho a Martín.

Se hizo un silencio que a Antón le pareció eterno y siguió dando explicaciones inútiles, patinando en esa especie de sopa de la que no sabía cómo salir y al final la sesión terminó y él tuvo que salir confundido, con la cabeza a punto de estallar. Estaba peor que antes porque ahora sentía rabia no solo contra Valentina, sino contra él mismo también.

Esa semana llamó a una vieja amiga y salió con ella a comer. De jóvenes fueron amantes y después, cuando él se había casado, ella terminó respetando su relación y se hizo a un lado sin quejas ni reclamos de ninguna clase. Y ahora estaban de nuevo frente a frente, más viejos, más curtidos, y la conversación fluyó como si ambos estuvieran a gusto con la sensación de un pasado que se iba recuperando poco a poco. En algún momento, cuando les anunciaron que el restaurante iba a cerrar, ella le dijo con una sonrisa:

—Si quieres nos tomamos el último trago en mi apartamento.

—¿Vives sola?

—Completamente. Mi hija está en Estados Unidos.

A Antón le pareció bien esa jugada en el tablero: un pequeño riesgo, una avanzada que no estaba prevista. Pero cuando iban camino al parqueadero, de repente, de la nada, como por arte de magia, le empezaron a llegar a la cabeza las imágenes de Valentina amarrada, excitada, gozando, gritando mientras era penetrada por ese imbécil, ese hijo de puta que seguramente le había brindado más orgasmos que él en todos los años de matrimonio. Entonces Antón se dio cuenta de que no quería acostarse con su amiga o con otra mujer, sino con Valentina. Quería amarrarla él, y golpearla, y agarrarla del pelo y penetrarla hasta sentir que ella estallaba en el primero de muchos orgasmos que se sucedían en cadena hasta dejarla exhausta, medio muerta, sin poder caminar siquiera.

—¿Qué te pasa? Te veo distraído —dijo la mujer con cara de extrañeza.

—No, para nada —respondió Antón haciéndose el desentendido.

—¿De qué te estaba hablando? —preguntó ella con dulzura, en un tono comprensivo.

Antón tuvo que bajar la cabeza y dijo con cierta vergüenza:

—Lo siento.

—No te preocupes. El duelo está muy reciente. Tengo mi carro aquí mismo. Nos hablamos la próxima semana.

Antón la vio irse con cierta tristeza, como si se tratara de una visita en una cárcel y él tuviera ahora que regresarse a su celda a rumiar por enésima vez los mismos pensamientos y la misma desesperación de siempre.

3

La siguiente etapa de su duelo fue la peor de todas: volvió a beber con cierta regularidad y una noche se consiguió con un colega una dosis de marihuana convencido de que lo iba a ayudar a relajarse, a sentirse tranquilo y sin tanta ansiedad. Se fumó medio porro y quedó completamente drogado, ido, en un viaje espantoso en el que veía a Valentina en las poses más pornográficas diciéndole con la boca jugosa y pintada de rojo:

—Ven, hazme sentir, ¡qué rico!

La excitación fue tal que pensó en masturbarse, pero luego se dijo que estaba muy viejo para eso. Entonces pidió un taxi, salió a la calle y se fue para un club nocturno en la carrera 15 con calle 86. Cuando llegó al lugar pidió una botella de *whisky* y llamó a la chica que le pareció más bella. Entablaron una conversación simple acerca de lo aburrido que estaba Bogotá últimamente. En un momento dado la joven le agarró la mano, le dio un beso en la mejilla y le dijo al oído:

—Vámonos para la habitación. Quiero consentirte.

Antón tuvo un instante de lucidez y se dijo que él era un defensor de los derechos humanos. ¿Qué diablos estaba haciendo en un lugar así? Muchas veces se había manifestado en contra de la prostitución y de la trata de personas. No podía ser que ahora se pasara al bando de los clientes, esa ralea que nunca se responsabilizaba de las nefastas consecuencias que tenía su comportamiento machista y despiadado. Y por un segundo hizo acopio de fuerzas y amagó con levantarse e irse, pero el efecto de la marihuana fue superior a sus fuerzas y terminó respondiéndole a la chica:

—Vamos, sí. Pero con una condición.

—¿Cuál, amor?

—Quiero que esta noche te llames Valentina.

—Me llamaré como tú quieras.

Y subieron a la habitación. Después de los preámbulos, de las caricias y los besos, la joven le ayudó a ponerse el condón e hicieron el amor entre jadeos, sonrisas y frases en las que él le decía:

—Eres una puta arrecha, Valentina, una zorra que se acuesta con todos.

—Sí, mi amor, me gusta que me culeen bien rico —le decía la chica al oído mientras movía sus caderas de arriba abajo.

Cuando no aguantó más y eyaculó, sin saber cómo ni por qué, de pronto Antón se echó a llorar. Era un ataque súbito de infinita tristeza, de nostalgia, de dolor intenso. Dijo sin poder respirar siquiera:

—Lo siento, mi esposa murió hace poco. La extraño cada día más.

La joven se enterneció mucho y lo abrazó y lo consoló hasta que él decidió vestirse y regresar a su casa.

Esa semana deambuló por la ciudad como un autómata, entró a bares donde jamás había estado, comió en restaurantes callejeros sin importarle si eran costosos o baratos, e incluso una noche decidió dormir en un hotel en el centro de la ciudad. No sabía qué hacer con su vida, no quería seguir viviendo sin Valentina. La realidad le parecía una ciénaga inmunda y nauseabunda. Estaba seguro de que, si no existiera Martín, él se tomaría una noche una sobredosis de pastillas y se despediría de este mundo para siempre.

Una tarde, en una cafetería de la calle 19, en pleno corazón de la ciudad, escuchó por azar una serie de insultos que le dirigía de manera soez el dueño a uno de los empleados en la cocina. Intentó aguantarse, pagar la cuenta y salir a la calle, pero no pudo, abrió la puerta de la cocina y se acercó con determinación al hombre que vociferaba salido de control:

—¡Es que usted no puede ser más bruto, malparido!

El empleado, con la cabeza gacha, aguantaba los regaños sin rechistar. Antón levantó la voz y dijo:

—No sea maleducado.

—¿Cómo? —le dijo el tipo con los ojos encendidos de furor.

—Es un joven amable que seguramente cometió un error. No tiene por qué aguantar este trato miserable.

—¿Y usted quién putas es? Métase en sus asuntos.

—Discúlpese.

—Si no sale de aquí le voy a dejar ese mascadero...

El hombre no alcanzó a terminar la frase. Antón había agarrado una sartén sin que nadie se diera cuenta y en un instante fugaz le pegó al comerciante con ella en la mandíbula, como si se tratara de un gancho de derecha al mentón. El tipo se escurrió en el piso y quedó semiinconsciente. Antón se acercó con parsimonia, lo alzó para que se pudiera sostener torpemente sobre las piernas, y le dijo:

—Ahora, excúsese con él.

El hombre balbuceó entre dientes:

—Lo siento.

Entonces Antón lo dejó en el suelo de nuevo y salió del lugar mientras todos los empleados lo miraban estupefactos.

Ese día se sintió mejor, más tranquilo, pero también se dijo que él, un intelectual reposado y pacífico, se había convertido ahora en una amenaza, en un peligro público. No podía ser. Estaba en la obligación de volver a consulta con el psiquiatra.

CAPÍTULO II

Martín

1

El doctor Zapata recibió a Antón con la misma gentileza de siempre. Le dijo de entrada antes de acomodarse en el sillón:

—¿Cómo va esa indignación?

—Igual. Sigo sin entender cómo ella fue capaz de hacer algo así.

—¿De hacer qué?

—De ser infiel, de salir a divertirse, de putearse como una cualquiera mientras yo me quedaba en casa cuidando a Martín como un estúpido.

—¿Le molesta que ella se estuviera divirtiendo mientras usted vivía amargado?

—¿Por qué siento que usted está del lado de ella? —dijo Antón indignado, a punto de escaparse de ese consultorio para no volver jamás.

—Ella está muerta, mi querido amigo. Lamento recordárselo.

—¿Entonces por qué me habla en ese tonito retador?

—Déjeme preguntarle algo: ¿ha fantaseado usted con tener una amante alguna vez?

—Muchas veces, claro que sí. Soy humano. Pero no lo he hecho. Ahí está la cuestión.

—Exactamente, ahí está la cuestión. Usted ha soñado con otra mujer o con otras mujeres. Alguna compañera de trabajo, alguna colega, supongo.

—Sí, claro. Pero he preferido respetar a mi familia.

—Vamos por partes. Usted ha deseado a otras mujeres y por lo tanto entiende que desear por fuera del matrimonio es algo legítimo, normal, que nos suele suceder a la mayoría.

—Por supuesto, no soy ningún mojigato ni un moralista que se escandaliza con cualquier tema sexual.

—Ahora le hago otra pregunta: si esa mujer que tanto deseó o que todavía desea, se le acercara e intentara seducirlo, ¿no le gustaría? ¿No le alegraría la vida sentir a otro cuerpo entre sus brazos?

Antón dudó, bajó la cabeza y dijo entre dientes:

—No lo puedo negar, sí, pero no lo hice.

—Entonces piense: ¿qué es lo que realmente le disgusta de lo que sucedió con su esposa?

Hubo un silencio largo y se podía escuchar el ruido de la calle al otro lado de la ventana. Finalmente, Antón se agarró la cabeza entre las manos, los ojos se le llenaron de lágrimas y dijo vencido, con la voz convertida en un susurro:

—Que ella sí fue capaz de llevarlo a cabo y yo no.

—Exacto, señor Echeverry. Ha dado en el blanco muy rápido. Lo felicito.

—Que si nosotros no nos deseábamos ya, ella tenía derecho a sentir todavía, a afirmar su vida.

—Y eso no significa en absoluto que lo hubiera dejado de amar a usted.

—Aún era un mujer bella y atractiva —dijo Antón entre lágrimas.

—La vida en pareja es muy compleja. No es tan fácil. No se trata de blancos y negros, de buenos y malos, sino de matices, de grises que aparecen entre las sombras.

—La enfermedad de Martín y mi propia apatía sexual la llevaron a afirmar su vida en secreto, a decirse que aún estaba viva.

—Y en ningún momento los descuidó ni a usted ni a su hijo. Ella jamás dejó de ser una buena compañera y una madre excelente. Lo contrario: quizás gracias a esa aventura fue que ella pudo continuar a su lado sin deprimirse ni enfermarse.

—¿Usted está de acuerdo con las vidas ocultas, doctor?

—No importa lo que yo crea, señor Echeverry. Lo cierto es que somos muy complejos y que casi nadie se comporta de manera rectilínea. Damos curvas, vamos y venimos. Es nuestra naturaleza.

Antón suspiró, se secó las lágrimas que le corrían por las mejillas y se despidió diciendo:

—Gracias, doctor, no sabe lo que le agradezco esta conversación.

—Le deseo un buen duelo. No se angustie más. Cualquier cosa, estoy para servirle.

Ambos se pusieron de pie y se estrecharon las manos. Antón salió del consultorio sintiendo un alivio que no había podido experimentar en muchas semanas de dolor y de resentimiento. Esa noche durmió profundamente y a la mañana siguiente buscó las fotos en donde estaban juntos con Valentina y las puso en la cartelera de su oficina.

Y por primera vez en muchas semanas se acercó a Martín, entró a su habitación una noche y le dijo sentándose en el borde de la cama:

—Siento mucho haber estado tan ausente. La muerte de tu mamá me ha hecho pedazos.

—Yo también la extraño mucho.

—Imagínate si no. Perdóname. No sabía cómo comportarme.

—No fue tu culpa. Tranquilo.

—Pero estamos los dos y espero que esto nos una aún más.

—Gracias, papá.

Antón abrazó a Martín y tuvo una sensación curiosa: se sintió llegando a la playa después de una tormenta en donde la nave había estado a punto de naufragar. Su hijo era su única tierra firme.

2

Martín había quedado paralítico después de un accidente automovilístico. Los meses siguientes fueron una serie de pasos tortuosos en donde un médico prometía la esperanza, otro afirmaba que era seguro que volvería a caminar, y al final llegaba el que decía la verdad: que desde el comienzo se sabía que la columna se había roto y que eso significaba una invalidez de por vida. Ya era mucho que lograra mover los brazos.

A Antón lo enternecía ver a su hijo batallando contra la adversidad siendo tan joven. Se cambió de colegio para no tener que verse con los mismos compañeros de siempre. Intentó rehacer su vida paso a paso, luchando todos los días en contra de unas fuertes depresiones que lo hundían en largos silencios y en aislamientos de los cuales le costaba mucho salir. Cerró sus redes sociales durante un tiempo y escasamente respondía el correo electrónico. Se alejó de los amigos y amigas que había construido durante la infancia y la adolescencia porque no soportaba su mirada de conmiseración, su tristeza cuando lo visitaban, sus frases de "lo siento mucho", "no es justo lo que te pasó" o "no te rindas, lo vas a lograr". Cada una de esas miradas y de esas palabras lo herían y le impedían aceptar su verdadera condición: no volvería a caminar nunca más.

Al nuevo colegio llegó ya en silla de ruedas y se comportó con mucha dignidad al evitar cualquier alusión a su accidente. Cambió el número de su celular, abrió nuevas redes sociales y empezó a incorporar a sus nuevos compañeros con una lentitud selectiva. Antón admiraba esa valentía de Martín siendo aún un menor de edad.

Cuando se graduó decidió estudiar Sociología y desde primer semestre se tropezó con otro estudiante que había sufrido polio de niño y que caminaba con mucho esfuerzo gracias a un par de muletas. Se llamaba Matías Betancourt y no solo era un chico talentoso y divertido, sino que se convirtió de inmediato en el cómplice permanente de Martín. Se sentaban juntos en clase en la universidad, tomaban la misma ruta de transporte público y después llegaban a la casa y se llamaban a toda hora para hablar de los trabajos, de las películas y series que veían juntos, o sencillamente para ir compartiendo opiniones del día a día.

Una noche, Antón escuchó sin querer una conversación en la habitación de su hijo. Matías, el ahora amigo inseparable de Martín, llegó después de clase dizque para preparar juntos una exposición que tenían en un curso de Semiología, y la verdad es que los jóvenes estaban echados en la cama riéndose, escuchando rap y haraganeando sin preocuparse de nada. La puerta había quedado abierta y Antón estaba en la cocina preparándose un sándwich. Sin querer, escuchó que Matías le decía a su hijo:

—Uf, Sandra es la más linda, viejo. De lejos.

—No sé qué me pasa con ella —decía su hijo en un tono dubitativo.

—Ninguna se le compara. Olvídate.

—No es eso.

—¿Entonces qué es?

—¿No te has dado cuenta de que es refacha? Siempre está a favor del establecimiento, de la clase alta, de los militares. Es insoportable.

—Estamos hablando de belleza, no de inteligencia.

—Sí, es linda, para qué, pero apenas habla yo empiezo a verla fea.

—Yo daría lo que fuera por tenerla bien cerquita. Un día se me acercó a preguntarme algo y se agachó a recogerme unos lápices que se me habían caído al piso. Uy, viejo, ¡huele delicioso! Me dio mareo y todo.

—Estás enamorado.

—Me casaría con ella, tendría tres hijos, un perro y una casa en las afueras.

—Qué asco.

—Me pondría corbata, haría plata y sería un alto ejecutivo con tal de conquistarla.

—Qué va, no aguantarías ni un mes con sus opiniones en contra de los estudiantes y la protesta social.

—No me importa. Me haría facho como ella y hablaría mal de todos ustedes los zurdos.

—Te harías congresista y apoyarías los ataques del ESMAD contra todos nosotros.

—Sí, con toda. Los metería a la cárcel, no me importaría, y en la noche llegaría a mi casa, la besaría, le haría el amor delicioso y me abrazaría a ese par de tetas tan ricas.

—¡Carretudo! —le gritó Martín arrojándole un cojín y ambos estallaron en carcajadas.

Finalmente, después de reírse y de hacerse bromas entre ellos, Martín dijo con cierta seriedad:

—En cambio, píllate a Sofía: es bella también, pero además es pila y brillante. Todo lo que escribe es increíble.

—A la final, *brother*, ninguna de las dos se va a fijar en nosotros porque somos discapacitados.

—Sí, es cierto. Ambas tendrán noviecitos de billete y de buena posición social. Y nosotros envejeceremos solos y rodeados de enfermeras.

Antón se alejó con prudencia, pero la conversación le mostró un detalle de su hijo que había pasado por alto: el accidente no solo lo había afectado a nivel físico, de movilidad, sino que lo había herido también a otro nivel más profundo: no se sentía capaz de acercarse a las chicas por inseguridad. Su vida amorosa y sexual estaba también paralizada.

3

A partir de ese momento, Antón se empezó a fijar más en la soledad afectiva de su hijo. Una tarde le propuso con cierto desparpajo:

—¿Por qué no hacemos una fiesta? Ya casi es tu cumple.

—No creo que sea el momento. Estamos cerca de los primeros parciales.

—Hacemos una comida, compramos unas cervezas, oímos música… Chévere…

—No sé… Además, yo no tengo amigos suficientes como para una fiesta…

—Piénsalo y armamos algo discreto. Pasabocas, buena música y hacemos un asado en el jardín.

—¿Qué es para ti buena música? ¿Solo Pink Floyd y Led Zeppelin?

—Yo no tengo problemas con el rap.

—Qué va, cada vez que pongo La Etnnia o Tres Coronas sales corriendo del cuarto.

Entonces, imitando los gestos de un cantante de rap, balanceándose hacia los lados y abriendo los brazos, Antón cantó con seguridad:

—Soy tu cucho, te enseño lo que es y cuánto lucho…

Martín no pudo aguantar y se atacó de la risa. Dijo entre jadeos:

—¿Te aprendiste la letra?

—La repiten con Matías todos los días. Difícil no aprendérsela... Piénsate lo de la fiesta...

Antón se despidió sonriendo y salió de la casa camino a la oficina donde trabajaba. Esa misma noche le preguntó a Clementina, la empleada de cuarenta y cinco años que se encargaba de todo lo referente a la casa y que cuidaba de Martín como si fuera su propio hijo:

—Clementina, ¿qué tal si hacemos una fiesta para el cumple de Martín?

—¿Por qué me pregunta, señor?

—Él dice que no tiene suficientes amigos para algo así.

—Hoy estuvo el joven Matías aquí y hablaron de la tal fiesta.

—¿Y qué dijeron?

—Que sería una fiesta de salchichas.

—¿Qué significa eso?

—Que no vendría ninguna chica —dijo Clementina sonrojándose.

—Ah, *OK*... —dijo Antón haciendo el gesto de que ahora ya entendía la expresión.

Ese fue el detonante para decirse que estaba en la obligación de hacer algo por su hijo. No podía quedarse quieto observando cómo el abismo se lo iba tragando de manera implacable.

Otra noche, Martín estaba en la cocina hablando a todo volumen y fue inevitable no escucharlo. Le decía a Matías de nuevo en una videollamada que ninguna chica normal se fijaría en ellos jamás:

—Piénsalo, si nosotros estuviéramos sanos, ¿tú crees que nos fijaríamos en una nena con muletas o en silla de ruedas? No, viejo, por nada del mundo. Olvídate. Les estaríamos coqueteando a las más lindas y simpáticas.

A partir de ese momento, Antón se dijo que tenía que hacer algo, lo que fuera, para aliviar la soledad corporal y emocional de su hijo. Buscó algunas referencias y por fin dio con una psicóloga experta en la sexualidad de algunas personas discapacitadas. La visitó y le explicó la situación lo mejor que pudo. En un determinado punto de la conversación, él le dijo a la especialista:

—Me siento mal de pensar en que me gustaría contratar a alguien que pueda ayudarlo a ese nivel.

—¿Por el machismo? —le dijo la psicóloga.

—Sí, me siento como esos tipos del pasado que llevaban a sus hijos a un burdel para que se hicieran hombres.

—¿Haría lo mismo si fuera una hija mujer?

Antón dudó un momento, se imaginó la situación brevemente, y respondió con claridad:

—Creo que sí. El problema es el mismo.

—Entonces no se preocupe. ¿Su hijo es mayor de edad?

—Tiene veinte años, sí. Estudia Sociología.

—Puedo contactarlo con varias terapeutas sexuales que son muy cuidadosas y que tienen experiencia en este tema.

—Muchas gracias.

Esa misma semana Antón se entrevistó con varias de las terapeutas sexuales en lugares públicos y ninguna se bajaba de los cuarenta años de edad. Había una incluso de cincuenta y cinco. La idea no era contratar los servicios de una modelo o de una reina de belleza, pero tampoco le parecía justo con Martín que tuviera que tener una iniciación sexual con una mujer de la edad de Valentina, o incluso de doña Rosa, la abuelita de Martín. La clave era que él se entusiasmara, que se sintiera atraído, que le gustara la otra persona, y decidió que lo mejor era preguntarle directamente qué opinaba él.

Un domingo, viendo una serie de televisión juntos, Antón se atrevió a preguntarle:

—Qué linda es la protagonista.

—Preciosa —dijo Martín ladeando la cabeza—. Pero me gusta más la otra, la amiga.

—¿La oriental?

—Me fascinan las chinas, las coreanas y las japonesas —dijo Martín con seguridad—. Pero sobre todo ella. Es mi favorita. Es de una belleza trágica.

—¿Qué es una belleza trágica? —preguntó Antón sonriendo.

—Una belleza que los dioses te hacen pagar con dolor y sufrimiento.

Antón asintió y se dijo que eso ya le daba un cierto referente de los gustos de Martín en temas de mujeres. El personaje era interpretado por la actriz china Gong Li y, excepto por los ojos rasgados, no sería difícil encontrar a alguna terapeuta sexual de cabello largo color azabache y de cejas y ojos negros. Una mujer que estuviera rodeada por esa especie de atmósfera oscura, como si su belleza no fuera una bendición, sino un castigo.

CAPÍTULO III

Karla

1

Un sábado en la tarde Antón regresó temprano y se tropezó con un olor a marihuana por toda la casa. Se acercó a Clementina y le preguntó:

—¿Qué diablos está pasando aquí?

—Ay, don Antón, yo no sé. No me quiero meter en problemas. Yo acompaño a don Martín hasta la estación de TransMilenio todos los días y lo espero en la tarde para acompañarlo hasta la casa. Pero no soy su mamá ni tengo autoridad sobre él.

—¿Hace mucho fuma marihuana?

—Fuman, querrá decir.

—¿Con Matías?

—Ajá.

Antón se acercó a la habitación de Martín y pensaba hacerles un llamado de atención a ambos, a su hijo y a su mejor amigo, cuando escuchó a Matías que decía:

—Los dioses nos castigaron, *brother*. Somos la tristeza de Dios.

—Qué maldición, somos vírgenes y toxicómanos —dijo Martín con un suspiro.

—Tenemos que entender que no somos humanos. Pertenecemos a otra especie.

—Vivimos entre ellos, pero basta ver nuestros cuerpos para darse cuenta de que somos una raza aparte.

—Y moriremos vírgenes, qué mierda. Ni siquiera podemos irnos de putas porque se burlarían de nosotros, nos humillarían y nos sacarían a la calle a patadas.

—Somos la escoria de Dios —remató Martín con una voz triste y apagada.

Antón se frenó y no fue capaz de reprender a los muchachos. Se retiró a su estudio sin decirles una sola palabra.

Al día siguiente puso un aviso en una sección especial buscando una terapeuta sexual para un joven discapacitado heterosexual. Dejó su número telefónico y, después de varias llamadas de mujeres interesadas en el trabajo, citó a cuatro en una cafetería que quedaba cerca de la casa. Las dos primeras le parecieron frías, insípidas, y no se ajustaban a la descripción que su hijo le había hecho semanas atrás. La tercera llegó en minifalda, con un escote vulgar, y era obvio que se trataba de una prostituta haciéndose pasar por una terapeuta sexual profesional. En un momento dado, le dijo a Antón:

—Puedo hacer el rol de novia o acompañante. Y, por un precio especial, me quedo a dormir también.

—Muchas gracias —dijo Antón con una falsa sonrisa—. Cualquier cosa le estaré avisando.

La cuarta candidata era una chica de larga cabellera negra, tímida, de ojos negros, con un aspecto de gitana o de bailarina de flamenco andaluza. Se llamaba Karla Gómez. Antón se dijo que con los ojos rasgados podía pasar perfectamente por una versión más juvenil de Gong Li, la actriz china que le fascinaba a Martín.

—¿Tienes experiencia como terapeuta sexual? —le preguntó Antón de la manera más natural que pudo.

—No, señor. Hasta ahora voy a empezar.

—¿Pero estudiaste el tema?

—Leí bastante, sí, señor.

—Y hay un asunto importante: él no puede saber que se trata de una persona contratada.

—No le entiendo, señor.

—Cómo decirte… No quiero que él se entere de que yo te pago por estos servicios… ¿Comprendes?...

—¿Y entonces cómo hago para acercarme a él?

—Él tiene que hacer varios ejercicios para que las piernas no se atrofien. Podrías ir y empezar a ayudarlo con eso. El resto se irá dando poco a poco.

—¿Usted me está diciendo que me haga pasar por una fisioterapeuta y que seduzca a su hijo?

—Dicho así suena un poco maquiavélico, pero sí, la idea es que él se acerque a ti de manera natural.

—¿Y si yo no le gusto?

—Seguro que sí. Te lo aseguro. Te mandaré en detalle los ejercicios para sus piernas, estúdialos y el resto ya es cosa entre ustedes.

—¿Cada cuánto tengo que ir?

—Empecemos con dos veces a la semana. Dos horas por sesión. Te pago doscientos cincuenta mil por cada visita y el transporte aparte.

—¿Y si empezamos a tener una relación?

—En ese caso te duplico la tarifa. Eso es… quinientos mil por cada visita, es decir, un millón a la semana. Más un subsidio de quinientos mil pesos al mes para transporte.

—¿Cuándo empiezo?

—Este viernes. Memoriza bien los ejercicios de fisioterapia.

—¿A qué hora?

—A las cuatro de la tarde ya está Martín acá. Tiene veinte años, estudia Sociología y es un chico maravilloso. Por favor trátalo lo mejor que puedas.

—¿Es virgen? —preguntó la chica con despreocupación.

—Sí —dijo Antón preguntándose de repente si todo ese plan no sería una completa locura.

—No se preocupe, señor. Nos vemos el viernes.

Karla se puso de pie y Antón pudo apreciar que era más alta de lo que le había parecido al comienzo. Se estrecharon la mano y ella salió con paso firme, con una confianza en sí misma que le daba un cierto aire teatral.

Esa misma noche, Antón entró a la habitación de Martín y le dijo:

—No se te olvide que tienes que volver a las terapias.

—No, viejo, qué mamera. Pierdo mucho tiempo en eso y no me sirve para nada.

—De lo contrario las piernas se te van a atrofiar cada vez más.

—Ya están atrofiadas.

—Acuérdate lo que nos dijo el médico: se entumecen y donde se te lleguen a infectar te tienen que amputar.

—*Okey, okey...*

—Voy a pedírtelas a domicilio para que te las hagan aquí mismo. El viernes, apenas llegues de la universidad.

—Dale, gracias.

La semana se cerró normalmente. El viernes Martín llegó agotado de la universidad y se encerró en su cuarto a escuchar música. A las cuatro de la tarde, Clementina le golpeó a la puerta, pero él no escuchó porque tenía los audífonos puestos. La empleada se atrevió a abrir la puerta. Martín pegó un saltó en la cama y dijo con fastidio:

—¿Cuántas veces te he dicho que no entres sin tocar?

—Sí golpeé, pero no me escuchó. La fisioterapeuta ya llegó.

—Uffff, qué lata...

Entonces Karla, que se había puesto unos *jeans* ajustados y se había recogido el cabello con un palillo de madera, caminó hasta la puerta y dijo con cierta timidez:

—No se preocupe. Vengo la otra semana.

Martín abrió los ojos de par en par, se pasó a la silla de ruedas y dijo apresuradamente:

—Noooo, cómo se te ocurre. Mi papá sí me había dicho. Lo siento mucho, se me olvidó. Ordeno esto en cinco minutos y estoy listo.

—Yo te ayudo —dijo Karla sonriendo y dio unos pasos para acercarse a arreglar la habitación con él.

Clementina se retiró en silencio.

Esa noche, Antón entró a la habitación de Martín y la encontró impecable, ordenada, con todo en su lugar. Olía a fragancia de pino e incienso. Su hijo estaba de buen ánimo viendo una película en una plataforma. Le preguntó haciéndose el desentendido:

—¿Vino la señora de la fisioterapia?

—No es una señora, papá.

—¿Y qué tal?

—Súper. Es increíble.

—Me alegra oír eso. Le dije que dos veces a la semana.

—Ya cuadramos horarios, no te preocupes.

—Perfecto. No te molesto más.

Y salió convencido de que el plan estaba funcionando según lo previsto. Se encerró en su habitación, le marcó a Karla y apenas contestó le preguntó en voz baja:

—¿Qué tal? ¿Cómo te fue con él?

—Es increíble. Ya somos amigos. Me hizo reír mucho.

—Qué bien. No olvides hacer los ejercicios para que no vaya a sospechar.

—Sí, señor.

—No voy a volver a preguntar nada, pero cuando pase algo entre ustedes me avisas para duplicarte la tarifa, tal y como habíamos quedado.

—Sí, señor. Quiero hacerle una aclaración: Martín me gusta de verdad. Me he sentido muy sola últimamente y soñaba con un amigo como él. No estoy fingiendo.

—Me alegra oír eso. Estaré pendiente para subirte el sueldo. No volveré a preguntarte nada.

—Gracias por la confianza, señor.

—Gracias a ti, Karla.

Apenas colgó, Antón se dijo que la idea no había podido ser mejor. Recordó que durante siglos la gente se casaba por obligación, por compromisos adquiridos entre las familias. Aún hoy en día la costumbre se practica en muchos países. Tal vez el amor estaba sobrevalorado y seguíamos atrapados en esa ilusión romántica de que hay alguien que encaja exactamente con nosotros, la falsa idea de la complementariedad, de la media naranja, de alguien hecho a nuestra medida. De pronto, si pusiéramos avisos en el periódico e hiciéramos entrevistas como si fuera un trabajo, nos llevaríamos una sorpresa.

Antón se sintió cómodo con la situación y se alegró de haberle ayudado a su hijo en parte a sobrellevar esa soledad que lo aplastaba de un modo despiadado. De aquí en adelante, gracias a Karla su hijo tendría una ilusión, una esperanza, y entonces recordó una vieja canción de Leonard Cohen que decía:

Hay una grieta en todo.
Es así como entra la luz.

2

La amistad entre Karla y Martín prosperó rápidamente. Se entendían a la perfección: se reían todo el tiempo, conversaban sobre películas y series que se recomendaban el uno al otro, y las dos horas se esfumaban en el aire hasta que alguno de los dos reparaba en el reloj y Karla se daba cuenta de que tenía que irse.

Una tarde, después de los ejercicios de rutina, Karla abrió un cajón en el baño donde había dejado unas cremas para los masajes y se tropezó con una bolsita de marihuana. Al lado, en fila, estaba la colección de pipas de Martín. Ella se volteó y se dio cuenta de que Martín la estaba mirando directamente a los ojos.

—¿Fumas marihuana regularmente? —preguntó ella en un tono reposado, sin que sonara a reclamo.

—Empecé porque después del accidente los dolores no me permitían dormir. Probé de todo y nada me hizo efecto.

—¿Te duelen las piernas?

—No, la espalda. ¿Pero sabes qué es lo raro? Que en sueños sí me dolían las piernas. Casi me vuelvo loco.

—¿Y no te impide concentrarte para estudiar?

—¿Nunca la has probado?

—Le tengo miedo.

—Si quieres te doy un poquito.

—¿En una pipa de estas?

—A lo pajarito.

—¿Qué es eso?

—Yo fumo y te paso el humo con cuidado.

Karla estaba esperando el momento del acercamiento físico. Martín le fascinaba porque era guapo, de rasgos finos, llevaba el pelo largo y a veces se dejaba una barba rubia que le daba un aire bohemio que a ella le encantaba. Su cuerpo era atractivo de la cintura para arriba y el único problema estaba en que las piernas se estaban atrofiando por la falta de uso. Además, era dulce con ella, cariñoso y muy detallista. Le había regalado libros, discos y solía mandarle videos y canciones al WhatsApp. Era evidente que ambos se atraían, pero Karla no encontraba la manera de acercarse a él, de acariciarlo o de besarlo. Aunque sabía perfectamente que ella no era una fisioterapeuta profesional, se esmeró mucho en que sus masajes y sus ejercicios cumplieran con los objetivos a cabalidad. En ningún momento se había aprovechado de esa proximidad para insinuarse o abusar de él. Su respeto era total. Y sabía que él sería incapaz de tocarla o de besarla porque no tenía seguridad en sí mismo. La discapacidad lo obligaba a marginarse como un mecanismo de defensa. Por eso la propuesta que ahora le hacía le pareció la excusa perfecta para intentar ese acercamiento que venía esperando. Se sonrió con cierta malicia y le preguntó:

—¿Me estás pervirtiendo?

—Solo si te dejas —dijo él devolviéndole la sonrisa.

—Si tu papá se llega a enterar de esto me echa a patadas de esta casa y después no podremos volver a vernos.

—Mi papá no se va a enterar de nada. Él es muy respetuoso y nunca me esculca. Y si se enterara, yo ya soy mayor de edad y tomo mis propias decisiones.

—Bueno, está bien. Dale. Pero poquito.

—Tranqui.

Martín agarró con los dedos unas cuantas hojas de la bolsa, las deshizo con facilidad triturándolas y las echó en la pipa. Luego acercó el encendedor y aspiró. Le hizo señas a Karla de que se acercara y ella se hizo justo frente a él y abrió la boca. Entonces Martín, con suavidad, expulsó el humo y se lo pasó a ella.

—Aspira un poquito.

Ella obedeció y le gustó el olor de la hierba inundando de repente toda la habitación. Ambos se sonrieron con complicidad. Martín volvió a repetir la operación y esta vez se miraron a los ojos sin dejar de sonreír, Karla acercó los labios aún más hasta rozar los de él y cerró los ojos. Martín expulsó el humo de nuevo, pero esta vez se quedó quieto, inmóvil, sintiendo esa sensación increíble de los labios de ella pegados a los suyos. Karla lo abrazó, se pegó un poco más y lo besó apasionadamente. De pronto sintió algo líquido en la boca, abrió los ojos y se dio cuenta de que Martín estaba llorando.

—Lo siento —dijo ella retirándose asustada.

—No, no, no es lo que piensas —dijo él poniéndole las manos en las mejillas—. Estoy llorando de felicidad.

—¿Nunca habías besado a una chica?

—Jamás.

—¿Y muy mal? —preguntó ella volviéndose a sonreír.

—Siento que he vivido en el infierno veinte años y que acabo de salir.

—Qué exagerado.

—Te lo juro. Esto es increíble. Lo único es que tienes que enseñarme a besar bien.

—No me conviene porque después me dejas por tus compañeritas de la universidad.

—Esas ni me voltean a mirar.

—Ellas se lo pierden —dijo Karla volviendo a acercarse y besándolo de nuevo con intensidad.

Esa tarde se la pasaron besándose de una manera y de la otra. En un momento dado, Karla le propuso que el mejor modo de aprender a besar bien era con chocolate o con alguna crema que a él le gustara mucho.

—Ya vengo —dijo Martín y salió disparado hacia la cocina desplazando con velocidad la silla de ruedas.

Trajo un frasco de salsa de chocolate para tortas y Karla le dijo entre risas:

—Chupa un poquito y luego me la pasas abriendo bien la boca y metiéndome la lengua hasta el fondo.

Cuando estaban en mitad de ese beso achocolatado, Karla se dio cuenta de que Martín tenía una erección que se le notaba en la parte externa del pantalón. Eso significaba que él podía tener relaciones sexuales normalmente y aquello la alegró y se dijo que ese chico inválido era lo mejor que le había podido suceder. Era su mejor amigo, su cómplice y ahora sería también el amor de su vida. Estaba segura de que quería pasar el resto de su tiempo con él, cuidarlo, protegerlo, ayudarlo y estar a su lado hasta que la muerte los separara.

Entonces se retiró un segundo para respirar y le dijo sonriéndose de nuevo:

—Creo que estoy trabada.

—¿Por qué?

—Me vi pasando toda una vida a tu lado.

—Yo ya tuve hijos contigo, tres, y una de nuestras nietas lleva tu nombre.

Se echaron a reír y no podían dejar de hacerse chistes sobre escenas tontas que se les venían a la cabeza, situaciones absurdas de un romanticismo ingenuo y melcochudo.

—Nos volvimos bobos —le dijo ella sin dejar de reírse.

—Es lo mejor que me ha pasado en la vida. Y lo digo muy en serio.

Esa noche, Karla salió de la casa de Martín a las nueve, tres horas después de lo previsto. Antón había comido arriba en su estudio para no molestarlos.

Lo único que la joven hizo al llegar a su casa fue escribirle a Antón al WhatsApp un mensaje que decía:

A partir de ahora es la tarifa dos.

Antón le respondió enseguida:

¿Y todo bien?

Sí, señor. Todo bien. Y quiero aclararle que así usted no me pagara un centavo, yo seguiría yendo a verme con Martín.

Gracias de corazón. Ya mismo te hago una transferencia a tu cuenta. Muchas gracias.

Karla suspiró y se preguntó si no sería mejor decirle la verdad a Martín, que la había contratado su papá, pero que en realidad se estaba enamorando perdidamente de él. Y casi al mismo tiempo le entró un mensaje de Martín que decía:

Mi habitación es un paraíso de chocolate, marihuana y besos deliciosos. No me quiero dormir porque me da miedo despertarme mañana y descubrir que todo fue un sueño.

CAPÍTULO IV

El Cuarto Rosa

1

Martín se convirtió con rapidez en un joven entusiasta, alegre, divertido, y el aire de melancolía que tenía se fue desdibujando poco a poco. Antón se sorprendió del cambio tan rápido en su ánimo y su personalidad. Seguía siendo el mismo joven dulce e inteligente, pero la aureola de pesadumbre ya no estaba y en su reemplazo había aparecido un carácter divertido y relajado que antes no existía.

Una noche, viendo el noticiero de televisión, Martín le dijo a bocajarro:

—Quiero que sepas que tengo una relación con la fisioterapeuta.

Antón se hizo el extrañado y preguntó:

—¿Una relación de qué tipo?

—Una relación, viejo, una relación. Y, por cierto, te vendría bien salir con alguien y dejar ese aire de solterón amargado.

—¿Tengo aire de solterón amargado?

—Un poco, sí —dijo él sonriéndose y dándole una palmada en la espalda.

—Pues tu fisioterapeuta, o tu amiga, o tu novia, o lo que sea, tiene un aire a esa actriz china que tanto te gusta.

—¿A Gong Li? Es cierto, ya me había dado cuenta. Es demasiado hermosa.

Antón sintió una alegría inmensa de ver a su hijo radiante y pleno de vitalidad. Valentina se sentiría orgullosa de su función como padre protector. El único problema que ensombrecía esa plenitud era el hecho de que se trataba de una transacción económica, aunque la falsa fisioterapeuta ya había aclarado que sus sentimientos eran sinceros y legítimos. Eso tranquilizaba un cierto sentimiento de culpa que Antón experimentaba cuando pensaba en la situación.

Karla, por su parte, sentía que su vida había dado un giro radical al poner los pies en esa casa y conocer a Martín. Era una chica humilde que vivía en Engativá y no había podido recoger el dinero suficiente para presentarse a la universidad. Por eso había perdido el tiempo como vendedora en supermercados de poca monta, tiendas de barrio y almacenes de cadena donde le pagaban una miseria. Por eso año tras año veía el sueño de la universidad alejarse cada vez más.

Para empeorar aún más las cosas, se había involucrado sentimentalmente con un vecino que terminó en la cárcel acusado de pertenecer a una banda de microtráfico: pequeños expendedores de drogas que van buscando nueva clientela en distintos puntos de la ciudad. Según él, no tenían pruebas en su contra y saldría en libertad en cualquier momento. Pero a Karla le había parecido el colmo que le hubiera mentido de esa manera y por eso no había ido ni una sola vez a visitarlo a la cárcel La Modelo. No quería saber nada de él.

Luego una compañera de trabajo le había dicho en un descanso, mientras compartían un sándwich, que trabajaran como *webcamers*:

—Ya tengo el contacto. El dueño del lugar me aseguró que las jóvenes y bonitas se pueden estar ganando entre cinco y seis millones al mes libres.

—Pero son una cantidad de tipos morboseándola a una durante horas.

—¿Y qué? No los ves, no los tocas, no los hueles, nada. Son como fantasmas.

—No sé, me da pereza.

Fue entonces que vio el anuncio y le pareció curioso. No sabía muy bien de qué se trataba el trabajo, pero acudió a la cita con Antón y se sintió a gusto con el trato. Más tarde, cuando conoció a Martín, estuvo completamente segura de haber llegado al lugar correcto en el momento perfecto. Era como si la vida hubiera encajado todas las piezas y el rompecabezas estuviera ya terminado y reflejara una escena de esperanza y confianza en el futuro.

Una decisión que Karla tomó con rapidez fue que, apenas Antón le empezó a consignar la segunda tarifa, de inmediato se matriculó en una academia para ser fisioterapeuta de verdad. No quería mentirle a nadie y, si Martín llegaba a darse cuenta de que ella no era una profesional, la única mentira sería que sí estaba estudiando, pero que no había podido terminar la carrera por falta de plata. Una mentira menor en comparación al hecho de ser una farsante total, una impostora.

Por eso, a partir del segundo mes, ella empezó a llegar a las citas con uniforme, guantes especiales, zapatos *Crocs* de enfermera y un gorro de colores que le daba un aire de trabajadora de hospital. Estudiaba en la mañana y, en la tarde, dos días a la semana, se veía con Martín para las terapias y para compartir juntos la nueva relación que empezaba a aflorar entre ellos. A veces pasaba también los sábados en la tarde, almorzaba en la casa con Martín y después salían a cine o a tomar café en alguna cafetería de la zona del Park Way. Karla empujaba la silla de ruedas mientras conversaban y se hacían chistes sin parar. Entre los dos surgió una camaradería y una complicidad que se notaba incluso de lejos, cuando ambos manoteaban, se daban besos y se reían a carcajadas. Nunca ninguno de los dos había sido tan feliz.

2

Una tarde, después de las terapias, Martín le preguntó a Karla abiertamente:

—Me pregunto si has tenido muchos hombres en tu vida.

Karla se sonrió y le dijo con cierta coquetería:

—¿Y eso? ¿El machista que todos llevamos dentro acaba de aparecer?

—Uy, sí, sonó fatal. Qué boleta. El patriarca heterosexual al ataque. Pero sí me da curiosidad, para qué lo voy a negar.

—¿Te sientes muy inseguro?

—Aquí es obvio que tú tendrás que enseñarme a mí. Pero lo que me da miedo es que no te sientas bien y extrañes a alguno de tus ex.

—Pues mira, yo tuve dos novios en el colegio. Con el primero me besé y nada más. Con el segundo perdí la virginidad y me pareció horrible. No disfruté nada. Otras de mis amigas hablaban con placer de sus primeras experiencias. Yo no sentí eso. Para mí fue traumático. Y después me metí con un vecino que me mintió y resultó metido en líos de drogas.

—¿Un traficante?

—Eso suena como si hubiera sido la novia de Pablo Escobar. Qué va, un vendedor callejero de poca monta. Lo detuvieron y está preso.

—¿Y te enamoraste de él?

—Quería enamorarme. Me sentía muy sola. Pero ahí lo detuvieron y descubrí todas las mentiras. Le cogí fastidio.

—¿Y no has ido a visitarlo a la cárcel?

—Prefiero morirme.

—Yo estoy perdidamente enamorado de ti. Ya te diste cuenta.

—Yo también, Martín.

Karla se acercó y lo besó con dulzura. Él le dijo con cara de preocupación:

—Y me da miedo desilusionarte sexualmente.

Karla se sonrió con cierta malicia y le dijo:

—Yo ya me di cuenta de que nuestro amiguito funciona de maravilla.

—¿Lo notaste?

—Pues claro. Y me encanta cuando te pones así. Creo que ya es hora de ir más allá.

Ambos se rieron y siguieron dándose besos y acariciándose con ternura.

A partir de ese día empezaron a explorarse a nivel sexual y el principal problema que encontraron fue la columna vertebral de Martín, que había quedado muy frágil después del accidente. Las piernas estaban completamente atrofiadas y la columna había quedado torcida, con una escoliosis que a veces le producía unos dolores terribles para los cuales tenía que ingerir algún tipo de calmante. Si Karla se ubicaba abajo, en la posición tradicional de misionero, Martín podía en efecto moverse, aunque con cierta torpeza porque las piernas eran dos fardos que pesaban y no servían para nada. Si él se ubicaba abajo, a ella le daba miedo herirle la espalda con algún movimiento brusco. Finalmente, encontraron una postura que les funcionó bien: Martín se quedaba sentado con la columna apoyada en un espaldar, y ella encima podía subir y bajar a su antojo. Las primeras veces en esa posición fueron una maravilla y les permitió disfrutar de sus cuerpos en medio de una dicha que los iba invadiendo hasta convertirlos en dos seres pletóricos que no hacían sino amarse y consentirse.

Pactaron de común acuerdo planificar con pastillas y con condones, por si acaso. La tarde en que Martín perdió la virginidad hicieron una fiesta con globos, confeti y crispetas. Comieron helado pasándose las cucharadas entre besos relamidos que los dejaban con la boca y la cara manchadas. Escucharon varias canciones de Sting y él le fue traduciendo la letra de *Shape of My Heart*.

En algún momento, Martín le dijo a Karla:

—Me brindaste el paraíso. Espero merecerlo.

Ella se quedó mirándolo a los ojos muy seria y le dijo en voz baja:

—Me sacaste del infierno y no quiero volver a él.

Y volvieron a besarse, a tocarse por todas partes y a chuparse cada centímetro de piel entre gemidos y estertores de placer.

Cuando Antón llegó en las horas de la noche y preguntó por Martín, Clementina, la empleada, le dijo de mal genio:

—Estoy cansada de limpiar, don Antón. No puedo más.

—¿De qué me hablas?

—El niño Martín hizo una fiesta hoy y ahora también tengo que recoger condones. Es el colmo.

—¿Una fiesta de día? ¿Con compañeros de la universidad?

—Con la señorita esa de las terapias, que ahora dizque es su novia.

Antón evitó sonreír para no ofender a Clementina, que era como de la familia, pero no pudo evitar sentir un regocijo interno. Martín estaba llevando una juventud normal, divirtiéndose, gozando y exagerando también a veces hasta el punto de escandalizar a la pobre Clementina, que lo había cuidado desde niño y que no lo podía querer más.

—Prometo hablar con él —le dijo Antón muy serio.

—Gracias, señor —respondió ella y se fue para la cocina refunfuñando y hablando consigo misma.

El plan iba a la perfección: Martín había sido rescatado de las profundidades.

3

Esa misma semana, cuando Karla llegó, Martín había preparado una presentación en Power Point y le dijo con las cortinas cerradas:

—Ven, siéntate. Tengo algo para ti.

Puso su tableta sobre el escritorio y empezó a pasar unos cuadros de Picasso pertenecientes al período azul. Mientras las imágenes iban avanzando en la pantalla, él iba diciendo:

—En 1901, Picasso cortó con los dos marchantes que tenía y se encerró a pintar en su estudio unos cuadros fríos y melancólicos. Mira.

—¿Qué son marchantes? —preguntó Karla sin despegar los ojos de la pantalla.

—Los que se encargan de comerciar los cuadros de los artistas, de buscarles exposiciones, galerías y clientes. Picasso se aisló por completo y empezó a pintar estos cuadros tan tristes.

—Todos son mendigos, gente sola y abandonada.

—Se llama el período azul porque ese es el color preponderante. Fíjate bien, un azul lunar que le da a esas atmósferas un aire deprimente.

—Total, se le nota la depresión.

De pronto apareció una mujer en una foto en blanco y negro, y Martín dijo:

—Esta es otra artista: Fernande Olivier. Fue la primera persona a la que Picasso le permitió la entrada a su taller. Y ella se conmovió profundamente con esa obra tan intensa.

—¿Y eran buenos amigos?

—Eso es lo que te voy a contar a continuación.

La imagen cambió y empezaron a aparecer en la tableta cuadros de Picasso pertenecientes al período rosa. Martín dijo con seguridad:

—Picasso se enamoró de Fernande. Fue un amor total.

—Ella también era artista y podía comprenderlo.

—Exacto. Ella entendió por lo que él estaba pasando. Lo curioso es que Picasso empieza a ir con ella a un circo y los cuadros, las texturas y los colores cambiaron por completo. Mira.

—Ahora es el rosado.

—Correcto. Picasso empezó a ascender de los infiernos y dejó el azul atrás lentamente. Y el rosado se fue convirtiendo en el color principal. Por eso se llama el período rosa. Lindos, ¿no te parece?

—Preciosos. Hay saltimbanquis y trapecistas.

Martín detuvo la presentación, abrió las cortinas, rodó la silla de ruedas hasta quedar ubicado frente a Karla, y le dijo sonriendo:

—Fue Fernande la que rescató a Picasso de los infiernos. Si ella no hubiera llegado y lo hubiera amado como lo hizo, quizás él se habría volado la tapa de los sesos cualquier noche.

—No sabemos…

—Seguro. En los cuadros del período azul se nota que él iba camino hacia la muerte. Lo sé porque esta es también mi historia. Y quería no solo darte las gracias por salvarme, sino que he pensado seriamente en que esta habitación, a partir de hoy, se va a llamar El Cuarto Rosa.

—¡Síííííí! El Cuarto Rosa. Me encanta. Hagamos un letrero y lo ponemos de una.

Se abrazaron, se besaron, recortaron un pliego de cartulina y con unos marcadores diseñaron un letrero con un fondo rosado y con flores en los márgenes. Luego lo pegaron con cinta en la parte superior de la puerta. Se tomaron fotos, se rieron y celebraron que ahora, en medio de una ciudad fría y hostil, ellos tenían una guarida rosa donde la vida se celebraba a cada instante.

Cuando Antón llegó en las horas de la noche y vio el letrero, se sonrió, le tomó una foto con su celular y golpeó a la puerta de la habitación de Martín.

—Siga.

—Hola, campeón —le dijo Antón mientras abría la puerta.

—Hola, viejo. ¿Cómo te fue?

—Cansado, pero todo bien. ¿Decidiste ponerle nombre a tu cuarto?

—¿Te acuerdas de Picasso? Mi mamá me hablaba mucho del período azul.

—Ah, es por eso. Estás en tu época rosa.

—Así es —dijo Martín con una sonrisa de dicha que le daba un aire de ingenuidad muy parecido a la idiotez.

Antón asintió y le dijo con cierta sorna:

—Menos mal no pusiste un letrero en el antejardín: La Casa Rosada.

—La amo, papá. Es la mujer de mi vida.

—Me alegra que estés enamorado. Ojalá la vida no te expulse de ese paraíso. ¿Ya comiste?

—Ya. En un rato voy y te acompaño con un café. Tengo varios trabajos pendientes para la universidad.

Antón cerró la puerta y se fue a la cocina a buscar a Clementina para que le calentara algo de comer. Y mientras cruzaba la sala y el comedor, alcanzó a pensar que ojalá los dioses se apiadaran de Martín y lo dejaran tranquilo en su pequeño reino de amor y de placer. Suficiente había sufrido. Se merecía esa tregua, se la había ganado a pulso.

Antes de irse a dormir, por primera vez en muchas semanas, le puso un mensaje a Karla:

Sabes que mi hijo te ama con locura, ¿verdad? No quiero que vaya a sufrir. Si alguna vez lo dejas, por favor explícale bien las razones, sé amable y gentil con él. Te lo ruego. Te lo pido con todo el respeto que siempre has recibido en esta casa.

A los dos minutos vio que ella estaba escribiendo y la respuesta le llegó enseguida:

Yo también lo amo con todo mi corazón. No pienso dejarlo por nada del mundo. Solo espero que nuestro trato inicial nunca salga a la luz y que usted sepa respetar ese silencio. Se lo pido, casi que se lo ruego de rodillas. Nunca vaya a decirle nada a Martín. Destruiría esto tan bonito que estamos construyendo entre los dos.

Antón escribió:

Amén, Que así sea.

Y Karla le mandó dos manos en posición de oración, de plegaria.

CAPÍTULO V

Matías

1

El único problema que se presentó en la felicidad desbordante que estaban experimentando Karla y Martín, fue que Matías, el amigo inseparable de él, se sintió no solo excluido, sino un extraño inoportuno, el violinista del trío, la suegra, el que debía moverse hacia la izquierda para no salir en la foto.

Al comienzo, cuando Martín le empezó a contar lo que estaba sucediendo con su fisioterapeuta, él se puso dichoso y lo felicitó:

—Qué suerte tienen los feos, *brother* —le dijo sonriéndose con cierta malicia—. Aunque usted no me ha querido mostrar una foto de ella y no la conozco todavía. De pronto es una feíta enclenque con alopecia y un parche en un ojo.

—Es la mujer más bella que se pueda imaginar.

—Todavía no lo sé. Tengo que conocerla, hermano. Le va a tocar presentármela aunque no quiera.

—¿Se acuerda de Gong Li?

—¿La actriz china?

—Tiene un aire a ella. Pille.

Y Martín sacó el celular y le mostró una foto de ellos dos abrazados en la ventana del estudio en el tercer piso de la casa. Atrás se veían algunos edificios de la zona en medio de una tarde lluviosa y gris. Matías abrió los ojos de par en par, le rapó el celular de las manos y abrió la foto para verla a ella de cerca. Luego dijo con cara de sorpresa:

—No puede ser. Es preciosa.

—Se lo dije. Y lo mejor es que es pila, sencilla, una bacana.

—¿Y por qué se fijó en usted, *brother*?

—Cómo que por qué… Pues porque yo le gusto, hermano…

—Pero esa nena se puede conseguir el *man* que quiera.

—No todo es físico y apariencia. Hay otras cosas. Usted y yo lo sabemos mejor que nadie.

—¿En nuestra generación? Difícil.

—Pues ella es la excepción, hermano. Me dijo que se había sentido muy sola, que soñaba con tener un amigo como yo.

—¿Y cuándo me la va a presentar?

—Esta semana, fresco, yo le aviso.

En efecto, unos días después, Martín invitó a Matías y le presentó a Karla, que le estampó un beso en la mejilla y le dijo:

—Martín ya me contó que tú eres el hermano que siempre había querido tener.

Matías no sabía qué decir y esa tarde se comportó de manera confusa: a veces parecía un adulador exagerado y después se volvía un tanto agresivo, como si no supiera cómo tratar a Karla ni cómo aceptar la relación que había entre ella y su mejor amigo. Al final, terminó siendo una situación incómoda para los tres.

En las horas de la noche, Matías le marcó a Martín y le dijo entre nervioso y compungido:

—Lo siento mucho, *bro*. Nunca lo había visto en el plan de novio y me cuesta aceptarlo.

—Nosotros siempre vamos a seguir siendo amigos, hermano. Eso nunca cambiará.

—Pero es que no sé cómo decir esto sin sonar melodramático, pero ahora me siento más solo que nunca.

—La amistad entre nosotros no tiene por qué cambiar.

—Eso es en teoría, *brother*. Porque, de hecho, ya nada es como antes. Usted tiene ahora a su novia, esa es su prioridad, y yo entiendo, no crea que no me alegro por usted. Salir de ese hueco debe ser como salir de la cárcel. El problema es que yo me quedé adentro. ¿Sí me entiende?

Martín guardó silencio. Las palabras de su amigo le dolían profundamente. Matías continuó hablando en el teléfono:

—No quiero sonar al envidioso, a lo que siempre le hemos criticado a esta sociedad. No, yo me alegro de verdad, de corazón. En serio. Pero eso no impide que ahora me sienta más solo. Es como estar cruzando el desierto con un amigo y de un momento a otro tener que continuar sin esa persona. Es muy teso. Espero que capte la nota.

—Claro que entiendo, *brother*. Pero yo no me voy a desaparecer. No quiero que piense que ahora no podemos hablar igual que antes, o que no voy a responder el celular, o que me voy a hacer el loco cuando usted me necesite. Eso no. Seguimos siendo compas.

—Fresco. Y gracias por entenderlo. Espero que se la pase súper con Gong Li. Es linda y buena onda, tenía toda la razón.

—Gracias, *brother*. Mañana hablamos en la U.

Martín colgó sintiendo una tristeza profunda porque sabía que Matías tenía la razón: él había logrado salir de la cueva mientras su amigo continuaba allá al fondo, atrapado entre los tiburones.

Unos días después, Karla llegó a la casa y le dijo a Martín con seriedad:

—Tenemos que hablar.

—Claro, dime.

—Es algo grave. No quiero que entre nosotros haya nunca malentendidos.

—¿Es nuestra primera pelea de novios?

—Te estoy hablando en serio. Pilas.

—Perdón, perdón. Dime… ¿hice algo mal?

—No lo sé. Eso es lo que te quiero preguntar.

—Ya me estás asustando.

—Anoche me escribió tu amigo Matías preguntándome si no podía tomar unas terapias también conmigo. Mira…

Karla le mostró un mensaje de WhatsApp. En algún momento, Martín se detuvo en un párrafo que decía:

No importa el precio. Mi papá es senador de la República y tiene mucho dinero. Dime cuánto es, los horarios y empezamos esta misma semana. Supongo que el trabajo te viene bien.

Karla siguió hablando mientras Martín revisaba el chat:

—Como puedes ver, nunca le respondí. ¿Qué le has dicho tú de lo nuestro?

—Él se está sintiendo desplazado y muy solo. No excuso esto para nada, pero quiero que entiendas que ser discapacitado es muy duro, muy complicado. La gente dice que no importa, que todos somos iguales, pero en realidad es una pose. La verdad es que sí te segregan, te consideran menos y nadie quiere saber nada de ti. Ahora que tú llegaste a mi vida él se siente abandonado y no sabe qué hacer. Eso no excusa esta canallada y ya mismo lo soluciono delante de ti.

Martín suspiró y le marcó a su amigo poniendo la llamada en altavoz para que Karla pudiera escuchar. Apenas Matías respondió, le dijo conteniendo la ira lo mejor que pudo:

—Hermano, nunca esperé esto de usted. ¿Cómo se le ocurre escribirle a Karla? ¿De dónde sacó el número? ¿Qué diablos le está pasando, *brother*?

—Solo le ofrecí trabajo —dijo Matías con la voz balbuceante.

—No sea miserable. Siempre dijimos que nosotros no nos íbamos a comportar como el resto del rebaño. Dijimos que estudiábamos Sociología para cambiar esta mierda, para ser distintos. Y pille, usted intrigando y metiéndose como una rata donde no cabe. ¿De dónde sacó el número?

—De su celular, *bro*. Usted lo dejó un día cerquita y ella le escribió un mensaje. Busqué rápido en el directorio y memoricé el número.

—No lo puedo creer, como un ladronzuelo de quinta. Qué desilusión tan hijueputa.

—Perdón, *brother*, perdón. Es que me estoy volviendo loco. No estoy pensando bien.

—Primero excúsese con ella. Está en altavoz.

Hubo un silencio de varios segundos y luego se escuchó la voz de Matías que era apenas un susurro:

—Lo siento, Gong Li, lo siento mucho. De verdad. No quería ofenderte. No pienso correctamente. Estoy delirando.

—¿Quién diablos es Gong Li? —preguntó Karla frunciendo el entrecejo.

—Una actriz china, luego te explico —dijo Martín de afán para no cortar las excusas de Matías, que de pronto se echó a llorar y dijo con la voz entrecortada:

—Por favor perdónenme. No tenía malas intenciones. Es que no me quiero quedar solo otra vez. Los días se me hacen eternos. Tengo momentos en que me quiero morir.

Karla suavizó la expresión de su cara y dijo con ternura:

—Martín siempre va a ser tu amigo. Yo no llegué para quitártelo. Pero debes entender que él ahora tiene una relación, que tiene derecho a tener una vida que no pasa por ti, y debes respetarnos tanto a él como a mí.

—Les prometo que esto no va a volver a pasar, se los juro —dijo Matías ahogado en llanto—. Pero no se vayan a alejar de mí. Por favor.

Martín dijo con sequedad:

—Luego hablamos los dos. Y borre el teléfono de Karla de su celular.

—Ya mismo. Lo siento.

Martín colgó y enseguida, con una sonrisa abierta, Karla le dijo:

—¿Gong Li? Tengo que verla ya mismo.

—Es una actriz china. Tienes un aire a ella tenaz, sobre todo cuando usas esos palillos en el pelo.

—A ver… —dijo ella buscando en la pantalla de su celular y ubicando a la actriz—. ¿De verdad me parezco?

—Mucho, y de mal genio más todavía.

—Es linda.

—Es divina. Un día de estos la buscamos en una peli para que la veas en acción.

—¿Y quién me bautizó así, tú o Matías?

—Yo. Pensaba casarme con Gong Li y tener tres hijos con ella, hasta que llegaste tú.

Ambos se echaron a reír, se abrazaron y se besaron recostándose en la cama. En medio de los besos y las risas, Karla le dijo con cierta dulzura en la voz:

—Me enterneció mucho Matías. Es como un niño. Yo he sentido esa soledad y sé de qué está hablando.

—Sí, pero no tenía derecho a hacer algo así.

—Claro que no, pero creo que deberíamos integrarlo más a alguno de nuestros planes. Aunque, por ahora, tenemos pendiente eso de los tres hijos con Gong Li…

Y siguieron besándose entre risas y bromas.

2

Una noche, Karla llamó a Katherine, su antigua amiga, la que le había propuesto que fueran *webcamers*, y le preguntó sin rodeos:

—¿Y al fin se puso a trabajar en lo que dijimos?

—Sí, *amiguis*, pero estoy mamada. Esto es un voltaje tenaz.

—¿Pero no que se ganaba bien?

—Ni tanto. Me queda un millón y medio al mes. Y tengo que trabajar toda la noche y dormir de día.

—De día no se descansa igual.

—Me bajé de peso y lo peor es que ando deprimida todo el tiempo. No sé qué hacer, *amiguis*. Regresar a joderme por un mínimo tampoco me llama la atención.

—¿Nos tomamos algo? Le tengo una propuesta.

—De una. Dígame dónde y le caigo.

Karla le dio la dirección de una cafetería que quedaba cerca de la academia donde estudiaba y remató diciéndole:

—Mañana a las cuatro. Salgo de clase y ahí nos pillamos.

En efecto, cuando Karla llegó, su amiga Katherine ya estaba en el lugar esperándola. Se saludaron, pidieron dos cafés, hablaron de trivialidades, y de pronto Karla se puso seria y le dijo:

—Yo estoy estudiando fisioterapia. En una práctica que hice, me encarreté con mi primer cliente, un sardino divino. Se quedó en silla de ruedas después de un accidente que tuvo.

Karla hizo una pausa. Obviamente, no pensaba contarle a nadie el trato secreto que tenía con Antón, así que siguió describiendo esa historia paralela a la suya:

—Es una familia acomodada. Son un encanto de personas.

—Me alegra por usted, *amiguis*. Qué suerte.

—Aunque ya somos novios, yo sigo yendo a las terapias y lo ayudo con sus ejercicios, con masajes, estiramientos y ahora estoy explorando con movimientos en el agua. Muy pronto voy a averiguar para llevarlo a una piscina y continuar con las terapias allá.

—Parece otra, *amiguis*. Habla como una profesional.

—Eso es lo que yo quiero: graduarme algún día y seguir apoyándolo en su proceso. No pierdo la esperanza de que pueda volver a caminar algún día.

Karla hizo una pausa breve, sorbió de la taza de café que habían pedido unos minutos antes, y continuó:

—Y aquí es donde le quería contar algo: el mejor amigo de él está en la misma situación y necesita una fisioterapeuta personalizada.

—Pero yo de eso no tengo ni idea.

—¿Tiene ahorros?

—Poquitos.

—Matricúlese ya, empiece a estudiar y yo le explico todos los ejercicios que hay que hacer. Acabo de ver en la cartelera que las matrículas están abiertas.

—¿Y si no me contratan?

—¿Qué pierde intentándolo?

—¿Cuánto se está ganando usted?

—Un millón a la semana. Y solo voy dos días. A veces voy por mi cuenta, pero obviamente esas visitas no las cobro. El resto estoy estudiando.

—Pero eso es un precio especial.

—Ya le expliqué, Katty: son dos sardinos salidos de lo normal, un poco locos, eso sí. Sus padres son muy adinerados. El que sería su paciente es hijo de un senador.

—¿Y usted cree que él también podría enamorarse de mí?

—Eso no lo sé, pero sí le puedo contar que se siente muy solo y que ha estado deprimido mucho tiempo. Una fisioterapeuta que además sea su amiga y su cómplice sería su salvación.

—Listo, de una. No quiero seguir en esto. No puedo más. Estoy cansada de fingir y de que me estén morboseando todas las noches.

—Empiece clases mañana mismo y yo voy proponiendo su nombre para que le hagan la entrevista. ¿Le parece?

—*Amiguis*, si eso me sale le estaré agradecida toda la vida.

Las dos se pusieron de pie y se abrazaron.

Al día siguiente, Karla habló con Martín y le explicó la situación. En algún momento, le dijo con cierto aire de confidencialidad, como si se tratara de un secreto compartido:

—¿Te acuerdas que dijiste que Picasso se habría matado si no hubiera conocido a Fernande? Bueno, yo creo lo mismo sobre Matías. Lo sé porque muchas veces yo fantaseé con la idea de una sobredosis de pastillas.

—¿Pastillas? Yo también, qué curioso —dijo Martín muy serio.

—Estamos en la obligación de ayudarlo. Cuando se mate ya será tarde.

—Tienes razón. Debemos actuar ahora. En la universidad ha bajado mucho el promedio. Hace los trabajos desganado.

—Tenemos que preguntarle a Matías si su padre estaría dispuesto a pagarle por un servicio personalizado. Tu papá me paga a mí muy bien.

—El papá de Matías es millonario. Es senador de la República y tiene fincas ganaderas en la costa. Seguro que sí.

—Entonces llámalo y le contamos a ver qué dice.

—Listo, de una.

Martín marcó el número de Matías por WhatsApp para una videollamada y a los pocos segundos él contestó desde su habitación, sentado en un estudio lleno de libros:

—*Brother*, me alegra saludarlo —dijo Matías sin ánimo.

—*Quihubo,* hermano. Gong Li quiere hablarle.

—Yo no hice nada, se lo juro.

—Fresco, es para algo que quizás le pueda interesar.

—¿A mí?

—Ahí se la paso —dijo Martín y torció el celular para que apareciera Karla en la pantalla.

—Hola, Gong… Perdón, Karla…

—Hola, Matías. Mira, voy a ser muy concreta: tengo una amiga en la academia que hasta ahora está empezando. Le hablé de ti y le dije que tal vez te vendría bien tener una fisioterapeuta que te ayude con tu propio proceso.

—¿En serio? ¿Estás hablando de verdad? —dijo Matías cambiando súbitamente el tono de la voz.

—Ahora, el problema es que el papá de Martín me paga a mí quinientos mil pesos por la sesión de dos horas. Y como son dos sesiones a la semana, eso significa un millón de pesos semanales. No sé si tu papá estaría dispuesto a pagar esa tarifa.

—No creo que haya ningún problema. Yo hablo con él.

—Ella no se ha graduado todavía, pero tiene la mejor disposición. Y está necesitando el trabajo.

—¿Y es así como tú?

—Tiene mi edad, es alta y con el cabello pintado de rojo, tiene varios tatuajes y usa un *piercing* en el ombligo. Es rebuena onda.

—Yo hablo con mi cucho esta misma noche. Voy a decirle que Martín ha mejorado mucho y que me gustaría probar un servicio personalizado.

—Listo, avísame cuándo sería la entrevista y yo hablo con ella. Luego nos cuentas a ver qué tal te parece. Si no te sientes a gusto, pues cancelas y ya está.

—De una. No sabes lo que te agradezco. Y perdona lo del otro día.

—Tranqui. Todo bien. Quedo pendiente entonces de los datos para la entrevista. Chao.

—Adiós. Gracias, gracias, gracias.

Ambos colgaron al tiempo y Martín se quedó pensando unos segundos antes de preguntar:

—¿Es bonita tu amiga?

—Nos tomamos una foto la última vez. Mira.

Karla sacó su celular y le mostró una foto en la cafetería, con unas vitrinas llenas de pan y de bizcochos en segundo plano. Abrazada a ella estaba una chica pelirroja, de ojos cafés, con unas cuantas pecas en las mejillas, varios aretes en las orejas y una sonrisa magnífica de lado a lado.

—Es bellísima, ese cabrón se va a enamorar perdido —dijo Martín con cierta preocupación.

—Es alta y tiene un cuerpazo —remató diciendo Karla con cierta suficiencia en la voz.

—¿Y tiene novio?

—No.

—Si ella no se enamora de él lo va a hacer pedazos. Después terminamos es empeorando más la situación.

—Esperemos. El destino dirá. Eso no lo podemos prever.

—Ojalá. De lo contrario este *man* se nos va a empepar fijo.

CAPÍTULO VI

Katherine

1

El día que Matías vio a Katherine por primera vez se quedó boquiabierto, sin saber qué decir. Abrió la puerta del apartamento él mismo y ella estaba parada en el corredor con unas botas altas, unos *jeans* ajustados y un bolso indio colgándole del hombro izquierdo. Una melena pelirroja le llegaba hasta un escote que dejaba entrever un par de senos perfectos, como dos frutas jugosas expuestas en una tarde de verano.

—¿Matías? —preguntó ella un tanto nerviosa.

—Pareces una diosa griega —balbuceó él entre dientes.

—Tan querido, gracias. ¿Paso o conversamos aquí en el corredor?

—Perdón, perdón, qué grosero. No sé qué me pasa. Me estoy volviendo idiota. Sigue, sigue.

Esa tarde Matías le habló de la enfermedad que lo había aquejado desde niño, le mostró su habitación y su estudio, conversaron de sus gustos musicales, de libros, de películas que les gustaban, prepararon onces juntos y empezaron a conocerse entre chistes y risas que iban fortaleciendo poco a poco el vínculo entre ellos dos.

En un momento dado de la conversación, Katherine le confesó:

—La verdad es que tengo miedo de la entrevista con tu papá. Yo hasta ahora estoy comenzando la carrera. No estoy graduada.

—Mi papá ya me dijo que sí.

—¿Qué? ¿En serio? ¿Por qué no me habías dicho nada?

—Porque no te conocía.

—¿Y el sueldo le pareció bien?

—Me dijo que dejaras un número de cuenta y que su asistente te consignará los cuatro millones en los primeros cinco días de cada mes.

—¡No puede ser! ¡Es una súper noticia! —gritó ella saltando de la dicha y estampándole un beso a Matías en la mejilla—. No te voy a defraudar, te lo prometo.

Matías se puso rojo y no sabía cómo decirle que la amaba ya con locura, que pensaba morir entre sus brazos y heredarle a ella y a los hijos que iban a tener toda la fortuna de los Betancourt.

Esa misma noche, Katherine llamó a Karla y le contó que el trabajo era suyo, que la habían contratado y que no sabía cómo darle las gracias.

—¿Cómo te pareció Matías?

—Es lindo, retierno y me mira como si yo fuera una actriz de Hollywood.

—Y es un estudiante pilísimo, en la universidad es uno de los mejores. Uno aprende con ellos un resto, ya verás.

—Estoy muy contenta, tengo ganas de salir a la calle y de gritar.

—Me alegra mucho.

—Con el trabajo me pago de sobra todos mis gastos y encima de eso estoy estudiando.

—Recuerda bien los ejercicios que te expliqué. En YouTube, además, hay tutoriales para todo.

—No la voy a hacer quedar mal, amiguis, tranqui. Me voy a guerrear esta oportunidad que la vida me está dando.

—No se le olvide que Matías es muy frágil emocionalmente. No le vaya a hacer daño por nada del mundo.

—Ya somos pinzas y nos entendemos al peluche. Mañana en la tarde empezamos la primera terapia. Estoy emocionada.

—Estamos en contacto. Cualquier cosa me llama.

—Nos vemos en la academia mañana. Gracias, amiguis, gracias.

Esa primera semana la relación entre Matías y Katherine prosperó con rapidez. Se entendían a la perfección y ella empezó a sentirse a gusto en ese apartamento en el que todo le encantaba: la decoración, la vista de la ciudad y la comida deliciosa que las dos empleadas les preparaban cada vez que ellos decían que tenían hambre. Además, Matías le gustaba de verdad: su cabello largo, sus camisas de colores, su sonrisa brillante, sus afiches de grupos de metal, la colección de cómics que ocupaba buena parte de su biblioteca, y, por encima de todo, esa manera tan suya que tenía de mirarla, de contemplarla como si fuera una aparición, como si acabara de entrar en la habitación un ser de otro planeta. Le fascinaba sentirse admirada y deseada. Nunca se había sentido de ese modo. Sus novios anteriores y los clientes que había tenido en su breve paso como *webcamer* eran tipos sosos que solo buscaban satisfacerse a sí mismos. Eso era todo. No pensaban en ella para nada, solo la usaban para ellos alcanzar el placer que necesitaban. Era deprimente. En cambio, con Matías parecía ser exactamente al revés: él le regalaba libros, películas que pedía al extranjero, le prestaba sus chaquetas cuando salía en medio de algún aguacero y la consentía y la mimaba como si fuera una niña chiquita. Hasta que una noche, antes de irse a dormir, Katherine se dijo en voz alta:

—Creo que me estoy enamorando…

2

La relación entre Matías y Katherine avanzó sin contratiempos. La entrada en el sexo fue súbita e intensa. Ella le propuso que haría unos videos *sexys* para él, se los envió y al día siguiente Matías no aguantó y le dijo que la deseaba con locura, que no podía más, que estaba harto de ser virgen y que quería, que necesitaba acostarse con ella. Las piernas de Matías no estaban tan atrofiadas como las de Martín, y, aun con cierta torpeza, podía moverlas. El problema fue que la ansiedad le jugó una mala pasada y eyaculó en la primera penetración. Se retiró con vergüenza, se quitó el condón y dijo:

—Lo siento, no sé qué me pasó.

—Tranquilo, fresco. Es normal. Ven y estamos en la cama desnudos y disfrutamos de estar juntos —le dijo Katherine con ternura.

Estuvieron besándose y acariciándose un buen rato y entonces Matías volvió a tener una segunda erección. Katherine le dijo:

—Ahora vamos despacio, tranquilo. Intenta respirar pausadamente.

Ella lo fue conduciendo y la segunda vez pudieron excitarse al tiempo e ir subiendo la intensidad hasta que ambos estallaron en gemidos y en expresiones de placer. Matías tenía una sonrisa que le cruzaba la cara de felicidad.

—¿Te viniste? —le preguntó todavía dentro de ella.

—¿No viste? Casi me muero.

Él se levantó de nuevo, se quitó el condón, lo arrojó en la taza del baño y regresó a la cama dichoso, riéndose y sintiendo por primera vez una plenitud sin resquicios de ninguna clase.

—No lo puedo creer, ya no soy virgen —dijo abrazándose a ella y llenándola de besos por todas partes.

—Se supone que los hombres sienten un bajonazo después de eyacular, como un cierto desinterés.

—Entonces yo debo ser mujer —dijo él entre risas y besándole el cuello y los senos.

De allí en adelante decidieron ser más arriesgados y empezaron a ir a moteles donde se miraban en los espejos, hacían el amor en los asientos especiales y entraban al *jacuzzi* durante horas a colmarse de besos. También compraron juguetes sexuales y los cargaban en un neceser con calcomanías de los *Power Rangers*. Lo llamaban el *Power Neceser* y solían esconderlo en el morral de Katherine.

Una tarde, metidos en el *jacuzzi* después de una jornada intensa de placer, Matías le dijo a Katherine en un tono de voz susurrante:

—¿Sabes una cosa? Muchas veces creí que me iba a morir sin disfrutar, sin gozar y sin hacer las cosas que mis otros compañeros hacían y hacen como si fuera lo más normal: escalan montañas, bucean, montan en bicicleta por senderos y parques naturales, acampan junto a las lagunas, en fin… Y me dije que nada de eso estaba hecho para mí… Lo mío eran las salas de cuidados intensivos, las radiografías, los exámenes, las navidades encerrado viendo televisión o leyendo un libro, como si fuera un día cualquiera.

—Pero tú sí puedes viajar e irte de vacaciones.

—Mi papá vive muy ocupado y siempre tiene algo pendiente. Y yo no puedo irme solo. Mi mamá, como te conté, murió cuando estaba pequeño y no tengo hermanos ni hermanas.

—Sí, entiendo.

—Pero desde que tú llegaste no pienso así. Estoy anotando en el compu un documento que se llama "Imágenes para el fin del mundo". Es una memoria de cada beso contigo, de cada peli que vemos juntos, de cada vez que hacemos onces, de tu risa cuando te cuento algo tonto de la universidad.

—¿También está ahí cada vez que hemos estado juntos?

—También. Con lujo de detalles. Tu cabello rojo a contraluz, tus dientes blancos y la ciudad al fondo lluviosa y gris, el momento exacto en que te bajas los *jeans* y puedo verte esas caderas maravillosas que tienes.

—¿Y puedo leerlo?

—Algún día te lo mostraré. Pero lo que quiero decirte es que esas imágenes las atesoro en ese documento porque la próxima vez que esté en cuidados intensivos estaré lleno de recuerdos increíbles, de escenas inolvidables, de momentos esplendorosos que me hacen celebrar la vida que tengo. Y todo gracias a ti.

—Ahora que te escucho pienso en que yo sí tengo toda la salud del mundo y sin embargo no he hecho ninguna de esas cosas tampoco: no he ido a bucear, no he escalado y no he podido viajar porque no tengo un peso. He visto buen cine gracias a ti, he comido panqueques con miel de maple por primera vez en mi vida en tu casa y he sentido el primer orgasmo con un hombre estando contigo.

—¿En serio? —preguntó Matías sonriendo con cierta malicia.

—Ahora tampoco te vayas a creer el actor porno.

—Me parece increíble que me digas eso.

—No sé si captas la idea: yo también estoy experimentando cosas que jamás había sentido en mi vida. Y si me tocara llegar a mí primero a cuidados intensivos, por las razones que sea, cerraría los ojos igual que tú y recordaría cada momento que he vivido a tu lado. Como este.

—Qué suerte hemos tenido de encontrarnos.

Y siguieron besándose y acariciándose mientras salpicaban agua por fuera del *jacuzzi*.

3

Martín y Karla, mientras tanto, descubrieron un *spa* en el último piso del Hotel Casa Dann Carlton, y empezaron a asistir cada semana con regularidad. Contrataron los servicios de un conductor llamado Enrique, se cambiaban de ropa en los camerinos y entraban a la piscina a hacer sus ejercicios, a refrescarse, a divertirse también entre chanzas y bromas que se hacían de lado y lado. Martín se daba cuenta de que a Karla la miraban con avidez tanto hombres como mujeres. Su cuerpo perfecto resaltaba aún más en vestido de baño, en un bikini rosado que la hacía parecer una modelo en una sesión de fotografía.

—No hay ninguna más bonita que tú —le decía él acariciándola con la mirada.

—Qué va, hay muchas más bonitas —respondía ella con desparpajo.

Luego comían algo en el restaurante del hotel y regresaban a la casa temprano en la camioneta de Enrique. Él les ayudaba a acomodar en la parte trasera la silla de ruedas.

Un día, Karla le preguntó a Martín:

—Oye, ¿no crees que deberíamos invitar a Matías y a Katty a la pisci con nosotros?

—¿Te parece?

—A Matías también le vendría bien ejercitarse en el agua. Y la podemos pasar chévere los cuatro.

—Listo, preguntémosle de una.

Matías se puso feliz y cuadraron para el sábado siguiente, cuando los cuatro estaban desocupados y sin obligaciones académicas. Cuando Karla se fue, Martín le marcó a Matías y le dijo apenas respondió:

—Hermano, ¿está solo?

—Sí, Katty viene mañana.

—Es que le quería proponer algo: ¿por qué no separamos una sesión de masajes para ellas en el *spa*? Nosotros no porque da pena que nos suban y nos bajen de esas camillas como lisiados. Pero para ellas puede ser una experiencia bacana.

—De una, buenísimo. Nosotros nos quedamos en la pisci dando lora.

—Eso, pagamos miti y miti y les damos la sorpresa.

—Una sesión de esas en donde les hacen limpieza facial y no sé qué más vainas.

—Yo llamo y separo par turnos para ellas. Las vamos a sorprender.

—¿Ya estudió para el parcial?

—Ya me pongo en esas. Chao, *brother*.

—Listo, panita, nos pillamos mañana.

Ambos colgaron y se sintieron felices de tener una sorpresa para sus novias al sábado siguiente.

En efecto, ese día las chicas no se creían que ellas tuvieran una reserva para una hora y media de masajes, exfoliación facial y chocolaterapia. Se sentían unas divas famosas y se tomaron fotos presumiendo con las batas del hotel, en las camillas y con las distintas mascarillas que les aplicaron.

En un momento dado, Katherine puso cara de preocupación y le dijo a Karla en el vestuario, antes de regresar a la piscina:

—*Amiguis*, yo estoy reenamorada de Matías. Hasta me dan celos y todo de que alguna compañera de la universidad me lo quite.

—Yo adoro a Martín, es mi mejor amigo, mi parce para todo. No me puedo imaginar la vida sin él.

—Me da miedo que de un momento a otro tengamos que regresar a nuestras vidas de antes. ¿Se imagina, *amiguis*?

—Eso no tiene por qué pasar. Vamos a graduarnos y seguiremos con ellos felices. En este punto ya no hay retorno.

—Dios la oiga.

Y ambas se ducharon y regresaron a la piscina sonrientes a darles las gracias a los muchachos, que las estaban esperando ansiosos para que les contaran cada detalle de la sesión de belleza.

CAPÍTULO VII

Los Elementales

1

Una tarde, Martín le dijo a Karla después de fumar marihuana y de tomarse un par de cervezas:

—Tengo que confesarte algo.

—No me vayas a decir que tienes un rollo con alguna de tus compañeritas. No lo soportaría. En serio.

—No tiene nada que ver con eso. Fresca. Es que hay algo que te he ocultado.

—¿Eres bisexual?

—Que no tiene nada que ver con sexo, Karla. Concéntrate. Por favor.

—Perdón, perdón, es que estoy muy trabada.

—Pon atención: cuando sufrí el accidente tuve que estar en la clínica por un tiempo prolongado. Me inyectaron varios medicamentos, entre ellos algunos opiáceos. Y fue como si me cambiara de dimensión, como si me desdoblara y empezara a conectar con otro mundo.

—¿En serio? ¿Y no les dijiste nada a los médicos?

—Los dolores eran muy fuertes y las drogas me ayudaban mucho. Y también me encontraba en *shock* por todo lo que acababa de pasar.

—Sí, claro, entiendo.

—Los opiáceos me llevaron a una realidad paralela, el espacio y el tiempo empezaron a parecerme maleables, distintos a como los había experimentado hasta ese momento. No sé cómo explicarte. Empecé a comprender que el tiempo no es lineal, que no vivimos de atrás hacia adelante, sino que vamos y venimos, que nos movemos no en una línea, sino en una espiral donde no hay antes ni después.

—A veces me siento así con la marihuana.

—Bueno, multiplica esa sensación por diez o por veinte.

—Qué locura.

—Y hubo varias noches en las que vi en mi habitación a unos seres hechos de luz. No, no, la expresión no es correcta.

Martín se calló unos segundos, pensó y después dijo buscando las palabras adecuadas:

—Unos seres hechos de sombra, de oscuridad, como si se abriera un hueco en el espacio y ellos aparecieran ahí. No sé si me entiendes.

—Más o menos.

—Eran seres hechos no de materia, sino de antimateria, como cuando ves el negativo de una foto, así.

—*Okey*, entiendo.

—No sé de dónde provenían esos individuos, pero cuando aparecían en mi habitación me daban mucha paz, mucha tranquilidad. Yo sabía que estaban allí para ayudarme a soportar la noticia de que de ahora en adelante era un paralítico. Aparecían a las dos o a las tres de la madrugada para protegerme, para arroparme. Era muy raro, pero me aliviaban, me daban ánimo de alguna manera que no sé cómo explicar.

—¿Te hablaban?

—No, ahí está lo extraño. Nunca escuché ninguna palabra, pero su sola presencia era como una energía que me cobijaba y me hacía aguantar mejor la situación.

—¿Serán los que las mamás y las abuelas llaman todavía ángeles de la guarda?

—No lo sé. Yo los llamé Los Elementales. Tenían siluetas parecidas a las humanas, pero medían cerca de dos metros, eran muy delgados y no tenían rasgos que los caracterizaran. No tenían ojos, nariz, boca, nada. Eran sombras provenientes de otro mundo.

—Me estás haciendo dar miedo.

—Todo lo contrario, cuando ellos aparecían en mi cuarto el miedo se desvanecía en el aire. Yo soporté la parálisis de mis piernas y la silla de ruedas gracias a ellos.

—¿Y sigues viéndolos?

—De eso quería hablarte. Tengo varias hipótesis: que son seres de un universo paralelo, que vienen de otro mundo, que son presencias del futuro que viajan en el tiempo para acompañarnos y ayudarnos, o que son espíritus de parientes muertos que están con nosotros vigilándonos en los momentos de dificultad.

—De todos modos, me da miedo.

—Muchas culturas los han visto y los han nombrado de mil maneras. Están desde las épocas prehistóricas hasta nuestros días. Yo creo que es un gran error considerar que nuestro universo es el único, que nuestro planeta es el único donde hay vida, que nosotros somos los únicos. Es una visión muy pobre.

—Hay muchas cosas que no entiendo. Recuerda que yo no soy tan estudiada como tú.

—No importa, hay gente que ha leído mucho y no entiende nada. Lo que te quería decir es que yo quisiera hacer contacto con ellos estando contigo.

—¿Cómo? —preguntó Karla asustada.

—No pongas esa cara. Podemos intentar que ellos se presenten y que tú puedas verlos y, sobre todo, sentirlos.

—¿Me estás diciendo que hagamos una invocación o algo así?

—No tiene nada que ver con eso. Creo que estás muy trabada. Cuando estés más sobria te explico.

—Perdóname, ahora lo único que se me ocurre es dormir una siesta. Me duele la cabeza.

—Dale. Luego hablamos.

Martín se hizo a su lado en la cama y la abrazó con profunda ternura. A los pocos segundos ya Karla estaba profundamente dormida.

2

Una semana después de esa conversación, Martín descubrió por internet una comunidad de personas de distintas profesiones que habían construido una granja autosuficiente a pocos kilómetros del pueblo de Guatavita, a noventa minutos de Bogotá. Era un proyecto de varias casas de diseño oriental, elevadas sobre largos parales de madera y con una huerta en el centro. De lejos daba la sensación de una villa en Vietnam o en Tailandia. Tenían una piscina ecológica con agua que provenía de la montaña, un bosque nativo y una maloka construida entre los árboles donde solían reunirse de vez en cuando por distintos motivos. En un anuncio que patrocinaron por las redes invitaban a participar en una ceremonia del tambor en la cual, según ellos, intentarían hacer contacto con seres ancestrales. Así decían: *hacer contacto con seres ancestrales.*

A Martín le pareció no solo interesante, sino que se ajustaba justo a sus propósitos. Les escribió, pagó la inscripción para dos personas y cuadró con Enrique, el conductor, para que los llevara a él y a Karla ese día hasta la granja.

En la universidad, a la salida de clases, le contó a Matías cuál era su plan. Su amigo lo miró con cara de extrañeza y le dijo sonriendo:

—Eso me suena como ir a hacer contacto con extraterrestres.

—Hay otros mundos, viejo.

—¿Tú crees que eres un contactado?

—Yo qué sé... ¿Nunca te pasó nada raro con la enfermedad?

Matías se puso serio y dijo mientras seguía caminando apoyado en las muletas:

—Qué te digo, viejo. Un par de veces he sufrido desdoblamientos en donde he visto mi cuerpo allá abajo, sobre la cama, mientras yo floto en el espacio.

Martín detuvo la silla de ruedas y dijo muy seriamente:

—¿Por qué nunca me contaste nada de eso?

—Nunca preguntaste —respondió Matías deteniéndose también de un momento a otro.

—Eso significa que tienes constancia de que el espíritu existe.

—No lo sé, *bro*. Alguna gente habla también de parálisis del sueño.

—Pero ¿cómo hace uno para verse a sí mismo por fuera del cerebro? Eso es imposible sin el concepto de alma o espíritu.

—Una de esas veces creí que me iba a morir, pero no, regresé a mi cuerpo y abrí los ojos muy angustiado.

—Un día de estos hablamos del tema con calma, *brother*.

Ambos continuaron hacia el salón donde tenían la siguiente clase.

Unos días más tarde Martín y Karla llegaron a la granja autosuficiente y fueron atendidos con afecto y deferencia por los integrantes, que parecían sacados de una comuna *hippie* de los años sesenta. Comieron algo muy frugal al mediodía y al atardecer se dirigieron a la maloka para la ceremonia. Era en realidad una meditación dirigida por el ritmo de un tambor que un joven músico tocaba sin parar. En algún momento, el hombre que dirigía la meditación dijo con una voz armoniosa y dulce:

—Vamos a salir de esta realidad para instalarnos en otro plano de conciencia. No somos solo materia. No somos solo este cuerpo que un día tendrá que morir. Somos una fuerza del cosmos, una energía muy poderosa que está conectada con el todo.

Martín se bajó de la silla de ruedas con la ayuda de Karla, se hizo en un rincón y logró mantener la posición de meditación con las piernas cruzadas gracias a que pudo recostarse contra uno de los troncos de madera de la maloka. Karla permanecía a su lado con los ojos cerrados. Los golpes secos del instrumento los fueron envolviendo poco a poco. Luego una mujer de unos cuarenta años con pinta de profesora de yoga dijo casi en un susurro:

—Hay seres que están acompañándonos desde otras dimensiones. Han estado aquí desde siempre. Vamos a intentar ponernos en contacto con esas entidades que nos protegen y nos ayudan...

Y en ese justo momento Martín se fue de medio lado, se escurrió sin control alguno y empezó a convulsionar. La primera en darse cuenta fue Karla, que gritó de inmediato:

—¡Ayuda, por favor, ayuda!

—¿Qué sucede? —preguntó uno de los hombres.

—¡No sé qué le pasa! —dijo Karla que ya se acercaba a Martín y le sostenía la cabeza entre sus manos.

—¿Es epiléptico? —preguntó la mujer que parecía una profesora de yoga.

—No que yo sepa —respondió Karla muy asustada.

Pusieron a Martín sobre una camilla de emergencia, lo transportaron por el medio del bosque hasta la puerta de entrada de la granja y lo subieron a una camioneta de afán para llevarlo hasta un centro de salud en Guatavita. Karla se subió con él en la parte trasera de la camioneta. Iba llorando y repetía con angustia:

—Despierta, Martín, por favor.

Y en algún momento, como si fuera un eco proveniente de otro mundo, ella alcanzó a escuchar que Martín gemía o susurraba palabras incomprensibles.

3

Martín entró en coma y cuando ingresó al centro de salud tenía el rostro lívido y respiraba con dificultad. El médico de turno le preguntó a Karla mirándola con desconfianza:

—¿Está bajo el efecto de alguna droga?

—No, señor —dijo ella con la voz temblorosa.

—¿Segura? Esta información es de vida o muerte.

—Hoy no.

—¿Cómo así?

—Hoy no fumó ni metió nada.

—¿Es adicto a qué?

—Fuma marihuana de vez en cuando.

—¿Nada más?

—Ha probado muchas cosas, pero con regularidad solo fuma marihuana.

—¿Qué cosas?

—No sé, ácidos, cocaína, hongos, éxtasis…

—¿Cuál es su vínculo con el joven?

—Soy su novia.

—¿Tiene los datos de algún familiar?

—Sí, señor, del papá.

—Llámelo enseguida. Y acérquese a recepción y llene el formulario, por favor. Voy a pedir el traslado para el Hospital Regional de Zipaquirá. Aquí no tenemos cómo hacerle los exámenes pertinentes.

—Sí, señor, cómo no.

El médico la miró con desprecio, se dio media vuelta y desapareció por una puerta que conducía a un pabellón interno.

Los *hippies* de la granja que habían conducido a Martín y a Karla hasta el hospital, dos hombres ya mayores vestidos de manera informal, se acercaron a Karla compungidos y uno de ellos le dijo en voz baja:

—Por favor no nos vayas a involucrar en esto.

—¿Qué quiere decir? —preguntó Karla frunciendo el entrecejo.

—Que nosotros no tuvimos nada que ver con esto, lo sabes bien. Solo meditábamos y tocábamos el tambor.

—¿Y por qué tanta suspicacia?

—Porque en la granja cultivamos cannabis para aceites y cremas medicinales. Todo es legal. No tenemos nada que ocultar.

—¿Y entonces por qué tienen miedo?

—Porque muchos de nuestros vecinos son ultraconservadores, religiosos y creen que nosotros somos una especie de drogadictos y pervertidos. No queremos problemas.

—No se preocupen, no diré nada.

—Muchas gracias. Por favor avísanos cómo sigue él.

Y salieron despavoridos, encendieron la camioneta y desaparecieron en cuestión de segundos.

Karla llenó el formulario obligatorio del hospital y llamó a Antón para informarle de la situación. Él se alarmó mucho y afirmó que salía de inmediato para Zipaquirá.

Trasladaron a Martín en una ambulancia hasta el hospital de Zipaquirá. Karla iba con él. Durante el trayecto, le fue informando a Antón dónde estaban y qué aspecto tenía Martín. Cuando la ambulancia llegó a Zipaquirá, ya estaba Antón en la puerta de urgencias descompuesto y con los ojos llorosos. Karla pensó que la iba a increpar y quizás a prohibirle seguir viendo a su hijo, pero en lugar del padre furioso e indignado se tropezó con un hombre vulnerable y deshecho que se arrojó en sus brazos llorando como un niño. Le dijo con la voz entrecortada:

—No puedo perderlo. No soporto otra muerte.

—Confiemos en que se va a poner bien —dijo Karla echándose a llorar también.

Cuando se sentaron en la sala de espera, Karla le contó a Antón todo lo que había sucedido en la granja sin obviar ningún detalle.

—¿Estaba bajo el efecto de alguna droga? —preguntó Antón muy preocupado.

—No, señor, se lo juro. Estábamos en una jornada de meditación.

—¿Qué clase de meditación?

—No sé, nos sentamos con las piernas cruzadas, respirábamos muy lentamente y cerramos los ojos para entrar en contacto.

—¿Entrar en contacto?

—¿Martín nunca le ha hablado de Los Elementales?

—¿De qué me estás hablando?

—Cuando Martín sufrió el accidente estuvo bajo el efecto de muchos medicamentos. Él me dijo que algunos eran derivados del opio.

—Son calmantes para el dolor de las piernas.

—Le ayudaron, sí, pero por el otro lado lo hicieron alucinar.

—Él nunca me dijo nada.

—Varias veces vio en su habitación las siluetas de unos seres evanescentes. Él los llama Los Elementales.

—¿Y a eso fueron hasta la granja? ¿A hacer contacto con esos seres?

—Fue idea suya, se lo juro. Yo me enteré durante el camino.

—No puede ser —dijo Antón cogiéndose la cabeza entre las manos.

Durante los dos días siguientes se turnaron para cuidar a Martín. Karla bajó varias oraciones de internet y se la pasaba a su lado rezando y cogiéndolo de la mano. El personal médico no se arriesgaba a dar ningún diagnóstico y lo único que dijeron fue que estaba en coma y que ese estado podía durar poco tiempo, como podía durar años. Los exámenes que le hicieron a Martín arrojaron varias sustancias prohibidas en su sangre y eso hacía sospechar a los médicos: creían que se trataba del caso de un poliadicto que quizás estaba pasando por un síndrome de abstinencia.

Karla y Antón comían en la cafetería de la clínica, se aseaban en los baños de la institución y dormían en los sillones de la sala de espera cobijados con unas mantas que las enfermeras les suministraron enternecidas con su situación.

Al tercer día, durante la guardia de Karla, Martín abrió los ojos y miró el lugar con cierta sorpresa. Ella estalló en llanto y murmuró muy conmovida mientras le estrechaba la mano con fuerza:

—Gracias, Dios mío. Alabado sea tu nombre.

CAPÍTULO VIII

Los bajos fondos

1

Mientras Martín vivía toda la pesadilla de haber estado en coma y regresaba a su casa para recuperarse, Matías escuchó una noche en su apartamento una conversación de la cual hubiera preferido no ser testigo jamás. Se trataba de su padre y de un hombre canoso, de ademanes moderados y gentiles, que había llegado con varios guardaespaldas que lo esperaban en la calle apostados frente al edificio.

En un momento dado, cuando Matías salió al corredor para entrar al baño, escuchó a su padre, el senador Betancourt, que le decía en voz baja al visitante:

—¿Usted está seguro de que la plata estará lista?

—Completamente, no se preocupe. Lo importante es que la ley se empiece a tramitar y podamos entrar a un proceso de paz.

—De eso nos encargamos nosotros.

—Ahora, su gente debe saber que, si no cumplen, habrá consecuencias.

—Nosotros prometemos tramitar e intentarlo, pero tampoco somos los dueños del Congreso.

—Entonces no hay trato.

—Siempre hay imprevistos, tienen que entenderlo.

—Nosotros no apostamos al aire, sino al número ganador. Se comprometen o no. Punto.

—Entonces tenemos que hacer un sondeo primero y contabilizar los votos.

—Si hay gente reacia o en contra, de esos nos encargamos nosotros.

—No vayan a hacer una locura.

—Hay métodos. No se preocupe. Ese es nuestro trabajo.

—Ustedes deben entender que hay congresistas que los siguen considerando a ustedes unos mafiosos.

—Somos hombres de negocios, usted lo sabe muy bien. Nos interesa el bienestar del país. Sin nosotros, el Imperio ya nos habría hecho pedazos. No han podido porque nosotros hemos defendido la nación.

—Es una manera de verlo.

—Es la verdad. Entonces organice a su gente, dígales que les consignamos en cuentas secretas en Panamá o en las Islas Caimán, y volvemos a hablar la próxima semana. No tenemos mucho tiempo.

—Muy bien. El lunes le tengo una razón definitiva.

Matías escuchó pasos en el corredor, se quedó en el baño muy callado y supuso que el hombre acababa ya de salir. Enseguida escuchó de nuevo la voz de su padre que hablaba por teléfono con otra persona y le decía:

—Acaba de irse. Ven ya para acá. Tenemos que hablar.

Matías soltó el agua del baño y salió para su habitación como si nada hubiera pasado. Sin embargo, estuvo pendiente, y, a los pocos minutos, llegó la asistente del senador, Eugenia Estrada, una mujer de unos cuarenta años que vivía relativamente cerca. Se saludaron con un beso en la mejilla y se sentaron en la sala a conversar. Matías volvió al baño y pudo escuchar que su padre le preguntaba a la mujer sin preámbulos de ninguna clase:

—¿Cuántos votos ciertos tenemos a favor?

—Es difícil saber.

—¿Pero tenemos mayoría?

—¿Cuánta plata tenemos?

—Hay cincuenta mil dólares por voto. Doscientos millones de pesos.

—¿Cómo los entregan?

—En cuentas en Panamá y en las Islas Caimán.

—¿Y los que no tienen cuentas en el extranjero?

—Que manden a un hijo, a una sobrina, o a quien se les ocurra, a abrir una.

—*Okey*. Es una buena cifra. Los partidos tradicionales entran fácilmente.

—¿Incluida la izquierda?

—A esos también les gusta la plata.

—¿Entonces cuál puede ser el palo en la rueda? ¿Los partidos religiosos?

—Tampoco. Esos son los más ambiciosos. Las trabas se van a presentar en los representantes independientes que no le deben nada a nadie, esos fanáticos de la decencia que ven el mundo en blanco y negro.

—De acuerdo, esos son los peores.

—No reciben plata nunca y si se las llegamos a ofrecer nos van incluso a denunciar.

—Pero esos son minoría.

—No son muchos, menos mal.

—Entonces podemos prometer que la votación será un éxito.

—Sí, señor. Una última cosa: no se olvide de mí, por favor. Recuerde que yo me estoy exponiendo también.

—Por supuesto, Eugenia. Cuenta con eso. Pediré exactamente la misma cifra para ti. Tenemos que movernos rápido. Nos dieron plazo solo hasta el lunes.

—No se preocupe, señor. Mañana mismo empiezo los contactos y le voy informando. Me retiro para que descanse.

—Buenas noches, Eugenia. Confío en ti.

Matías escuchó de nuevo los pasos en el corredor y la puerta del apartamento que se abría y se cerraba. Esperó unos minutos y regresó a su habitación muy consternado.

2

Matías invitó a Katty a pasar el siguiente fin de semana en la finca de la familia en La Vega. Era una casa amplia con piscina y el senador tenía varias reses y unos cuantos caballos de paso que eran su orgullo. Dos empleadas estaban a cargo de la cocina y la limpieza, y había varios trabajadores que cuidaban el ganado y conducían los caballos hasta los establos. Katty quedó completamente deslumbrada.

Después de la comida Matías y Katty se fueron a dormir a la habitación principal.

—¿Y si llega tu papá? —preguntó ella muy nerviosa.

—Viene solo el primer fin de semana de cada mes —dijo Matías con seguridad.

En las horas de la madrugada Matías se levantó para ir al baño a orinar. Entonces vio luces de celulares en los establos, como si estuvieran grabando algo con los *flashes* encendidos. Le pareció muy extraño y decidió acercarse con cautela. Se puso un pantalón de sudadera, ajustó las muletas lo mejor que pudo y caminó sin hacer ruido por la parte trasera de los establos, pegado a la cerca. Cuando llegó se hizo detrás de unos matorrales y pudo entender que estaban interrogando a un hombre de unos cincuenta años. Lo tenían esposado y amarrado a un asiento en medio del establo principal. El fulano estaba ya sangrando por el pómulo derecho y jadeaba con dificultad. Al frente tenía a un gorila en camiseta de esqueleto que parecía estar encargado de la tortura. Otro hombre hacía las preguntas.

—Les juro que no sé quién amenazó con denunciar —dijo el hombre escupiendo sangre.

—Caballero, tenemos hambre y todos queremos irnos a comer algo y descansar —dijo el interrogador con aburrimiento—. Esto no lo está disfrutando nadie.

—Les juro que no lo sé...

—Esto se va a poner cada vez más feo. Evitemos tanta sangre. Más bien usted nos da los nombres, nos vamos a comer un pollito con papas fritas y gaseosa, lo dejamos en su casa, y listo, aquí no ha pasado nada. Usted dice después que lo atracaron y ya está.

—Pero es que no lo sé...

—Qué pereza, caballero. Ni modo. Hay que apretar las tuercas entonces. No le puedo salir a mi patrón después con el cuento de que nos equivocamos y que lo dejamos ir sanito y tan campante. ¿Sí entiende?, ¿verdad, hermanito?

El jefe le hizo una seña al gorila y el sicario trajo un martillo y unos clavos gruesos, agarró la mano izquierda del prisionero, la sujetó a un tronco de madera y la atravesó de lado a lado con el primer clavo. Los martillazos eran secos y dejaban en el aire un eco metálico. El detenido dio alaridos de dolor. Luego el matón, como si estuviera en un taller de carpintería crucificando un muñeco de trapo, extendió el tronco hasta la otra mano, cogió un segundo clavo y se preparó con el martillo en alto. El hombre no paraba de gritar.

—Amordacen a este hijueputa —ordenó el interrogador—. No queremos que los vecinos vengan después a meter las narices aquí.

Otros dos de los esbirros le pusieron al reo un trapo en la boca y luego le pasaron una cinta aislante gruesa alrededor de la cabeza. El preso escasamente podía respirar. Enseguida el interrogador volvió a hacer la misma seña y el gorila repitió el mismo protocolo en la mano derecha. La sangre empezó a manar a borbotones y caía al piso conformando pequeños charcos que cambiaban de color con las luces de los celulares. El prisionero, crucificado en medio de los establos, no pudo contenerse y se orinó en los pantalones. Matías observaba todo entre aterrado e hipnotizado, como si estuviera paralizado y no pudiera moverse del escondite desde el cual seguía en detalle cada uno de los momentos de la tortura.

—Quítenle el trapo a ver si ya empezamos a entendernos —dijo el interrogador con parsimonia, sin subir mucho la voz. Los dos compinches cortaron la cinta y le sacaron el trapo de la boca. El hombre respiró a bocanadas llenas.

—A ver, caballero, ahora sí. No queremos seguir jodiendo más con esto. Muy dramático. Si no nos da los nombres vamos a tener que seguir con los pies. Qué horror. Va a parecer un Cristo. ¿Quién quiere algo semejante? Ninguno. Así que es mejor decir esos nombres rápido, lo dejamos en urgencias, usted se inventa cualquier accidente y si te vi no me acuerdo. No va a volver a saber de nosotros nunca más.

En ese momento el hombre empezó a balbucear varios nombres de manera atropellada. El interrogador asintió y dijo:

—Muy bien, caballero. Eso es ser inteligente. Espere voy copiando en el celular esos nombres y nos vamos de aquí cuanto antes.

Eso hizo exactamente: en la medida en que el reo iba dando nombres y apellidos, tanto de hombres como de mujeres, el jefe anotaba todo en su celular. Luego le dio unas palmaditas en el hombro y le dijo:

—Muchas gracias, caballero. La información nos va a ser de gran ayuda. Ahora sí a comer pollo con papitas. Qué rico.

El interrogador le acercó un vaso con agua y se lo sostuvo pegado a los labios. El detenido bebió a sorbos llenos. Mientras tanto, el mafioso sacó la pistola con la otra mano, se la puso en la nuca, arriba del tronco de madera que le cruzaba la espalda, y sin que se diera cuenta le pegó un tiro a bocajarro. La cabeza del hombre se escurrió hacia adelante y quedó babeando y con los ojos abiertos. Las manos continuaban clavadas a los troncos de madera. Finalmente, el jefe dijo sonriendo:

—Fuera de chiste, a comer, muchachos. Qué hambre, no joda. Dejemos a este fiambre por ahí en una cuneta.

Los esbirros liberaron el cadáver del tronco sacándole los clavos de las dos manos y lo transportaron hasta una de las camionetas que estaban estacionadas a la entrada.

Matías no había podido moverse de su escondite. Se agachó aún más entre los matorrales para no ser descubierto y, solo cuando estuvo seguro de que se marcharon, volvió a caminar apoyándose en las muletas hasta la casa.

No despertó a Katty para no alarmarla y se quedó sentado en la cama con la cabeza dándole vueltas, recordando la conversación entre el senador Betancourt y el extraño emisario en el apartamento de Bogotá. Así lo descubrió el amanecer, insomne y preocupado. Luego desayunó con Katty y optó por no contarle nada para no alarmarla. Temía también que ella se alejara si supiera la clase de político que era su padre. Sin embargo, inventó que debía regresar a la ciudad antes de tiempo porque había olvidado un examen importante que tenía en la universidad el lunes a primera hora. Katty no sospechó nada.

3

Ese mismo domingo los noticieros de televisión abrieron con la noticia de un representante a la Cámara que había aparecido torturado y asesinado en la carretera a La Vega. Los titulares decían: Político Crucificado. Se habló de delincuencia común y del robo de su camioneta y de sus cuentas bancarias. Un crimen atroz que mostraba la sevicia de las nuevas bandas delincuenciales.

Matías le contó todo a Martín y le dijo que lo anotara en su diario para que quedara constancia:

—No se te olvide escribir todo lo que te conté, *brother*. Por si acaso me sucede algo a mí y me atropella un carro o me envenenan —remató diciendo con cara de auténtico terror.

—¿Pero estás seguro de que esos tipos están relacionados con tu viejo?

—Primero escucho la conversación y después veo una sesión de tortura y un asesinato en la finca de mi papá. ¿No te parece demasiada coincidencia?

—Pensemos con cabeza fría: el dinero siempre ha permeado la política. Eso no es nada nuevo, ni aquí ni en ninguna otra parte. Y como tu viejo va muy poco a la finca, y todo el mundo lo sabe, es posible que la usen como cuartel de operaciones para delitos de ese tipo.

—Eso no es pensar con cabeza fría, Martín, eso es acomodar las evidencias para no tener que enfrentar la verdad. Primero soy testigo de una conversación en la cual unos narcos le ofrecen a mi papá mucho dinero para comprar a unos congresistas e ingresar a un proceso de paz amañado. Luego uno de los congresistas que está en contra es torturado y asesinado en la finca de mi padre. Y la conclusión es fácil: los congresistas que estaban en contra y que iban a denunciar el soborno se van a callar la boca y votarán a favor. Eso es pensar con cabeza fría. Y por eso necesito que tomes nota de todo. Si descubren que yo estuve ahí, y aparezco atropellado o supuestamente me matan en un atraco, tienes que denunciar toda la verdad.

—Sí, es verdad, los narcos se tomaron este país hace rato —dijo Martín con tristeza.

—Lo hemos estudiado, acuérdate. Desde el Proceso 8 000 sabemos que somos un narcoestado.

—Sí, es difícil llegar a la cima limpio, sin hacer pactos o alianzas oscuras.

—Mi papá sueña con lanzarse como Presidente. ¿Qué crees que está haciendo? Construyendo su plataforma para llegar sin problemas.

Martín no supo qué responderle, pero se tomó en serio la recomendación y anotó en su diario todos los detalles de lo que le había contado su amigo.

A partir de entonces bautizaron al senador Betancourt como El Pingüino, haciendo referencia, claro está, al personaje de Batman que se apodera de los bajos fondos de Ciudad Gótica.

El lunes en las horas de la noche el mismo emisario regresó al apartamento del senador Betancourt a conversar con él. Matías estuvo muy atento y volvió a esconderse en el baño para escuchar lo que tenían que decirse.

—Estamos muy contentos con las buenas noticias, senador —empezó diciendo el hombre con cierta grandilocuencia.

—Nosotros también. La votación será un éxito.

—Me contaron que hubo un pequeño problemita con el representante a la Cámara, ¿no?

—Lo solucionamos rápido. Nada grave. Nos amenazaron con un escándalo.

—¿Y los copartidarios?

—Entendieron el mensaje. Casi todos están alineados ya. Tendremos mayoría, no se preocupe.

—Perfecto. Dígales, por favor, que necesitamos los datos de las cuentas cuanto antes. Apenas se haga pública la votación haremos las consignaciones.

—Quiero recordarles que mi asistente, Eugenia Estrada, también entra dentro de las cuentas. Sin ella todo esto habría sido imposible.

—Cuente con ello, senador. Solo necesitamos un número de cuenta en Panamá. ¿Le consignamos a usted en su cuenta de siempre en Miami? Usted sabe que su cifra es mucho mayor.

—Sí, perfecto, muchas gracias.

—Entonces esperemos que podamos celebrar muy pronto. Cuente siempre con nuestro apoyo, senador.

—Muchas gracias. Seguimos en contacto.

El hombre se despidió y Matías esperó unos minutos para soltar el agua y salir del baño cuando ya el senador estaba encerrado en su habitación.

Unas semanas más tarde, tanto Matías como Martín leyeron en los periódicos que la gran mayoría de los congresistas votaron a favor del proyecto. Varios de los narcotraficantes que inicialmente no habían sido aceptados en un proceso de paz acababan de ingresar en una negociación con el Estado colombiano. A cambio de entregar las rutas de exportación de la mercancía y abandonar el negocio de manera definitiva, serían cobijados con una nueva ley de perdón y olvido. Eso les permitiría disfrutar de sus fortunas sin temor a ser detenidos o incluso extraditados.

Desde entonces, Matías supo que pertenecía a un clan mafioso, y ese descubrimiento lo desalentó y lo deprimió. Nunca se había llevado bien con su padre, pero era un asunto de posiciones políticas y vitales, de diferencias de opinión, de posturas ante el sistema y el ejercicio del poder. Pero esto era otra cosa: era una ruptura definitiva, una línea que trazaba la distancia entre lo legal y lo ilegal, entre la vida civil honesta y la delincuencia. No quiso contarle nada a Katty porque de pronto ella se iba a alejar y no quería perderla. Sin ella volvería una vez más a hundirse en ese pozo profundo en el que había vivido durante buena parte de su vida.

CAPÍTULO IX

La Mujer Escarlata

1

Martín no le contó a nadie lo que había sucedido en Guatavita. Las únicas personas que sabían eran Karla y su padre, y les suplicó a ambos que no dijeran nada. Lo consideraba algo muy personal, íntimo, y no quería que empezaran a juzgarlo de manera ligera. Ni siquiera le contó a Matías, que era como su hermano, porque a veces solía comportarse de un modo arrogante, como si fuera un ser muy racional que miraba a los demás con ciertos aires de superioridad. No quería que empezara a preguntarle sobre Los Elementales con ese tonito del científico que está obligado a lidiar con las supersticiones del populacho. No quería discutir con él y por eso prefirió guardar silencio. A Clementina, la empleada, le dijeron que él había sufrido un golpe en la cabeza.

Era cierto que Matías sí había confiado en él al relatarle con lujo de detalles los sinuosos y retorcidos vericuetos de los vínculos de su padre con los narcos, pero había una diferencia sustancial: él, Martín, nunca se ponía en esa posición de superioridad intelectual, y, sobre todo, no emitía juicios de ninguna clase. Tenía un lema que practicaba desde que sufrió el accidente: juzga y errarás.

Ahora, lo extraño de su situación es que existía un secreto que ni Karla ni su padre sabían: qué había vivido él durante ese tiempo en coma. No les contó nada ni siquiera a ellos. Pero en su diario dio rienda suelta a su capacidad narrativa y expuso con una prosa ágil y sin adornos el viaje que había experimentado:

Lo primero es que me desprendí de mi cuerpo para alcanzar una existencia inmaterial, flotante, como si de un momento a otro me hubiera convertido en un fantasma ingrávido. Pero no tenía forma humana: al comienzo sentí que era una célula infinitesimal, el primer organismo viviente que había en el planeta. Luego esa célula se subdividió en otras más y empezó a conformar organismos multicelulares, plancton, líquenes, moho. Enseguida sentí que esa masa se transformaba también en animales protozoarios, en renacuajos, en peces que luego salieron del agua y se convirtieron en reptiles. Mi cuerpo no era una forma, sino una fuerza que viajaba de ser en ser poblando el planeta con una velocidad vertiginosa. Después fui un Homo sapiens *en el comienzo de la prehistoria, fui un soldado cartaginés navegando por el Mediterráneo, fui un monje viviendo en medio del desierto y una mujer que decidió construir una cabaña en lo más alto del Himalaya. Y lo curioso es que siempre era la misma energía inicial, la misma fuerza que iba y venía de un cuerpo a otro. Hasta llegar a mí, a Martín, el joven que había sufrido un accidente y quedaba paralítico.*

Algo que me pareció curioso es que la energía no era ni masculina ni femenina, solo era un vector que cruzaba los organismos vivos y permitía que se mantuvieran activos un tiempo determinado. Encarnar en un macho o en una hembra era un mero accidente y podía hacerlo de mil modos diferentes que no estaban catalogados. La vida no tenía sexo ni género, era un motor en movimiento que abría posibilidades infinitas.

En ese instante en particular, la masa que mutaba se desintegró en el aire, se esfumó, se fundió con el universo hasta mezclarse con el éter. No trascendió a otro individuo, no reencarnó, no avanzó. Sencillamente estalló y empezó a poblar el vacío.

De repente, Martín escuchó una voz que le decía:

—La nada también es una fuerza.

La forma que adquirió entonces fue un diseño vegetal, una especie de orquídea gigante que cambiaba a cada segundo regenerando cada una de sus células. Era grato saberse en movimiento, en continua transformación, un ser andrógino y mutante.

Antes de despertar, recuperó la apariencia humana. Entonces vio a su mamá que se acercaba a él con los brazos abiertos y le decía cariñosamente:

—Estoy tan orgullosa de ti, mi amor.

—¿Por qué te fuiste tan temprano? —le preguntaba él con la voz entrecortada.

—Era mi destino. Pero sigo muy pendiente de ti.

—Te extraño montones, mamá.

—Yo también, mi amor, no sabes cuánto. Pero debes volver. Aún tu vida no ha terminado. Hay asuntos pendientes.

Y apenas su madre pronunció la última palabra, él abrió los ojos y despertó en esa habitación fría y escuálida donde estaba Karla sosteniéndole la mano con los ojos aguados por la emoción.

No le quiso contar a nadie las visiones que había sufrido porque no estaba seguro de si se trataba de un viaje a una dimensión desconocida, o si más bien las imágenes se referían a un cerebro trastornado que alucinaba sin lógica alguna. Sin embargo, algo lo seguía perturbando cada vez que lo recordaba: ¿él había sido planta, animal, soldado, monje? ¿No era la primera vez que estaba aquí, en el mundo, y que veía con sus propios ojos el cielo y las montañas? ¿Todos íbamos de ser en ser aprendiendo de cada existencia, incorporando nueva información? ¿Y hacia adelante nos estaban esperando otras existencias, otras humanidades, hasta que fuéramos capaces de convertirnos en una fuerza sutil y todopoderosa? ¿Era el tiempo, solamente, la medida de las mutaciones? ¿Por qué su mente tejía ese relato tan extraño, tan salido de lo normal? ¿Cómo se le había ocurrido a su inconsciente esa trama cósmica? No lo sabía, no estaba seguro de nada, y por eso prefería por ahora no contarle a nadie y seguir siendo prudente y silencioso.

2

Una noche, en su correo electrónico, Martín encontró un mensaje de una mujer que afirmaba haber estado en la maloka durante la ceremonia del tambor. Firmaba como La Mujer Escarlata y remataba diciéndole:

Ese día cruzaste el umbral, viajaste al otro lado del espejo, y, si quieres saber qué sucedió exactamente, avísame y nos encontramos para conversar.

En un principio, Martín no supo qué responder. Pero la curiosidad le ganó y decidió hablar primero con ella por teléfono. La mujer le puso una cita en un café del barrio La Candelaria. Él aceptó y acudió después de sus clases en la universidad.

El café quedaba en la calle 12 con carrera Segunda. No tenía rampa de entrada y por eso Martín tuvo que pedirles ayuda a dos jóvenes que estaban en la caja registradora para subir la silla de ruedas. Ellos lo transportaron con gentileza y él les dio las gracias. Impulsó la silla unos cuantos metros por un corredor estrecho y entonces la divisó: era la misma mujer que tenía aspecto de profesora de yoga durante la meditación. Se había hecho al fondo del lugar, camuflada entre unas plantas altas y estaba leyendo un libro sobre la Ordo Templi Orientis. Se saludaron con un apretón de manos y Martín pidió un capuchino con leche de almendras.

—Me alegra que estés ya mucho mejor —dijo ella amablemente.

—Estuve en coma dos días. No fue fácil.

—Te deslizaste por la madriguera del conejo —dijo ella con un suspiro—. Yo quería hablar contigo para decirte que esa experiencia la tuvo también mi antiguo compañero, que ahora está en el Amazonas.

—¿Estuvo en coma después de una ceremonia?

—Fue en una toma de yagé. Se quedó en coma una semana. Casi se muere. Recibió instrucciones de ir a la selva y trabajar para impedir la deforestación.

—¿Quién le dio las instrucciones?

—De eso quería hablarte.

Una chica le trajo a Martín el capuchino y lo puso sobre la mesa.

—Gracias —le dijo Martín con una sonrisa.

La mujer continuó hablando en voz baja para no llamar la atención:

—La gente del común sigue creyendo que lo único que existe es la materia. No es así. Es una visión reduccionista. Nuestros ojos solo pueden ver una parte del cosmos, pero cierto tipo de energía y de existencia sutil es invisible. Hay universos paralelos.

—¿Y esas voces provienen de esos mundos alternos? —preguntó Martín mientras bebía de su capuchino.

—Hay otro problema, además: creemos que el tiempo es lineal, seguimos convencidos de que hay un pasado, un presente y un futuro. Estamos seguros de que el único tiempo posible es el presente porque nuestro cuerpo solo puede existir aquí y ahora.

—La visión del materialismo y de la ciencia moderna.

—Exacto, nos enseñaron a pensar así desde el colegio. Y por eso llevamos vidas sosas y planas.

—Pero entonces, ¿quiénes son esos seres?

—La mente es capaz, a veces, de traspasar esos límites y de moverse en otros planos y otros tiempos. El pasado más remoto está sucediendo ahora y el futuro más lejano está ocurriendo en este justo momento.

—Sigue sin responder a mi pregunta: ¿quiénes son?

—Nuestra existencia no empieza en la prehistoria. Hemos estado en el planeta desde hace mucho más tiempo. Cada civilización antigua tuvo que enfrentar un exterminio por distintas razones y luego todo volvió a comenzar. Estamos en el quinto ciclo. Pero esos seres que fueron los primeros lograron trascender a otros estadios energéticos distintos de la materia. Los llamamos preadamitas porque son anteriores a Adán y Eva en la tradición bíblica.

—¿Ellos son los de las voces?

—Los hemos llamado con distintos nombres. En la India sabemos que un santón puede reencarnar muchas veces en distintos cuerpos. En el budismo tenemos al Dalái Lama, que viene reencarnando desde hace siglos. Es la misma entidad que viene a ayudarnos a encontrar el camino.

—Yo estuve en otro plano existencial —dijo Martín saboreando el último sorbo de café.

—Nosotros también hemos experimentado con nuestra energía: hay algo más y ese algo está al otro lado de la materia. Por eso estamos construyendo esa granja autosustentable. Nuestra civilización está a punto de autoeliminarse y necesitamos trascender antes del exterminio.

—¿Y qué hago con esas visiones?

—No vengo a predicarte ni a indicarte qué hacer. Solo a decirte que no te angusties, que no sufras. Tienes un don, eres más sensible que los demás, y eso tiene un precio. Ellos te hablan porque sabes escuchar.

—¿El hecho de estar paralítico me abrió la percepción? ¿Fueron los medicamentos? Estoy confundido.

—No tengo todas las respuestas. Debes buscarlas por ti mismo. Tengo que irme, lo siento. Te deseo lo mejor, Martín.

En la granja siempre serás bienvenido, acuérdate. Ya pagué mi cuenta.

La mujer se puso de pie, cogió una mochila que tenía en el asiento de al lado y salió sin darle la mano ni abrazarlo. Fue una fuga muy extraña, como si huyera de algo, como si tuviera miedo o la estuvieran persiguiendo. Martín se quedó pensativo y sin saber qué hacer.

3

Martín se sintió sin rumbo, perdido, y no sabía qué dirección darle a su vida. Decidió hablar con Karla y contarle la verdad. Al fin y al cabo, era su compañera, su amiga de corazón, el amor de su vida. Una noche, después de la terapia que seguían realizando juntos, le contó la cita que había tenido con la mujer de la granja experimental y todo lo que ella le dijo.

—¿Tuviste una cita con otra mujer? —le preguntó Karla mirándolo con cierta sorna.

—Estoy hablando en serio, Karla. Esto es muy importante para mí.

—Perdón, perdón. Ya me pongo seria.

—No sé qué hacer con toda esta información. Estoy muy confundido.

—Yo no sé qué decirte, mi amor. No tengo tus conocimientos ni tu educación. Tú sabes una cantidad de cosas que yo no entiendo. En mi casa lo único que hacíamos era rezar e ir a misa.

—No debemos embrutecernos como los demás, pensar en dinero y en trepar socialmente. Eso es lo más importante, Karla. Tenemos que mantenernos lúcidos, pensar de otro modo, sentir de otro modo, soñarnos de otro modo.

—Yo solo me siento bien cuando estoy contigo.

—Y creo que deberíamos hablar también con Matías y con Katty, hacer grupo, contar con ellos.

—¿Tú crees que ellos entiendan lo que te pasó?

—Ese no es el problema. Lo importante es que hagamos un colectivo, que entendamos nuestra vida no individualmente, cada uno por separado, sino como una fraternidad. Fíjate que todos estábamos solos y deprimidos, y de pronto nos fuimos encontrando y nuestras vidas cambiaron para siempre.

—Eso es verdad.

—Creo haber descubierto por qué: durante el trance me vi a mí mismo como una orquídea.

—¿Por qué? —le preguntó Karla muy intrigada.

—En el arte chino se habla de Los Cuatro Caballeros, que se corresponden con las cuatro estaciones: el ciruelo, la orquídea, el bambú y el crisantemo. Yo soy la primavera. Ustedes tres son las otras estaciones.

—¿Y qué soy yo?

—El bambú, el verano. Es una planta que se dobla con facilidad y que por eso mismo es tan resistente. Es muy apreciada en la arquitectura oriental porque otorga la máxima sismorresistencia.

—¿Y ellos dos?

—Katty es el crisantemo, el otoño. Y Matías el ciruelo, el invierno. Y todos conformamos un año solar.

—Me gusta, es muy bello.

—Voy a proponerles que vayamos un fin de semana a alguna parte juntos y ahí les explicamos por qué debemos conformar un grupo cerrado, una confraternidad.

—Katty se va poner feliz. Le fascina estar con nosotros.

—Yo me encargo entonces.

Y apenas terminó de decir la frase, vio cómo Karla se abalanzaba sobre él y lo cubría de besos. Se sonrió y la abrazó con toda su fuerza, como si temiera perderla.

En efecto, al día siguiente, en un descanso que hubo entre clase y clase, Martín se acercó a Matías y le dijo:

—Estamos pensando con Karla ir a algún pueblito y nos gustaría que nos acompañaran con Katty.

—Qué buena idea, viejo —le respondió Matías—, estoy desesperado en ese apartamento. El Pingüino sigue con sus tretas oscuras y a veces tengo la impresión de que duda de mí.

—¿Cómo así?

—Sí, *bro*, ese *man* me mira raro. Es como si supiera que yo sé.

—Estás paranoico, Matías.

—No, hermano, en serio, en los últimos días siento que El Pingüino me vigila. Creo que me está raqueteando el cuarto, revisan mi computador, todo.

—No habrás escrito nada sobre lo que viste, ¿verdad?

—*Nones*. Fresco.

—Entonces escapémonos el próximo puente. Huyamos de esta ciudad y de esta gente.

—Y de nosotros mismos, *bro*.

Ambos se estrecharon la mano y Martín dijo en un tono de voz que no dejaba de tener cierto aire de solemnidad:

—Yo me encargo. Cuando tenga todo planeado les aviso.

SEGUNDA PARTE

EL MUNDO DESCONOCIDO

CAPÍTULO X

Los Caballeros del Círculo Solar

1

Dos semanas después de esa conversación alquilaron una cabaña junto a la represa del Neusa y armaron un fin de semana para cocinar y compartir los cuatro. Llevaron bolsas de dormir, libros, un mercado pequeño y unas cuantas cervezas. Desde el primer momento se dieron cuenta de que habían elegido muy bien el lugar y se sintieron a gusto entre los bosques de pinos.

La primera noche hicieron una fogata junto a la laguna y Martín dijo mientras armaba un porro:

—Quiero confesarles que este último tiempo ha sido el mejor de mi vida. Y es gracias a ustedes.

—Yo igual —dijo Matías.

—Para mí también —confirmaron a dúo Katherine y Karla.

—Durante mucho tiempo pensé en suicidarme —continuó hablando Martín— porque la vida me parecía un fardo, algo que me pesaba demasiado todos los días.

—Increíble, yo lo pensé hasta hace poco —dijo Matías.

—Nosotras con Katty hablamos de esto el mes pasado — afirmó Karla—. A ambas se nos había ocurrido en el pasado tomarnos una sobredosis de algo.

—Pero llegaste tú —le dijo Martín a Karla—, y me salvaste la vida. Y yo no sé cómo agradecerte tu ternura, tu alegría, tu buen humor, todo. No hay algo de ti que no me guste.

Martín encendió el porro y le dio un par de caladas. Luego se lo pasó a Karla para que lo rotara entre el resto del grupo. Katherine miró a Karla sorprendida y dijo:

—Voy a probar. Es mi primera vez.

Cada uno fue fumando a su manera, despacio o rápido, con ansiedad o con parsimonia gozosa, hasta que el porro se terminó completamente. Todos sentían que estaban en una nueva realidad, que las cosas vivas y las inanimadas estaban recubiertas con una nueva luz, con una nueva intensidad. Martín continuó:

—Creo que nos hemos encontrado por algo, para algo, que esto es imposible que sea al azar. Es un destino. No sé si se han dado cuenta de que las iniciales de nosotros son K y M, Karla y Martín o Katherine y Matías. Todos estábamos deprimidos, todos éramos suicidas en potencia, todos estábamos hartos con la vida.

—La Sociedad Secreta de los Suicidas —dijo Karla sonriéndose.

—La Sociedad Secreta de los Suicidas Vitalistas —propuso Matías mirando hacia el lago con cierta nostalgia.

—Deberíamos averiguar para qué nos hemos encontrado —siguió hablando Martín—. Nuestra sociedad secreta de suicidas es ahora una sociedad de exploradores de lo desconocido y deberíamos proponernos metas, propósitos, dirigirnos hacia un objetivo claro.

—Yo quiero terminar mi carrera pase lo que pase —dijo Katherine recostada en el hombro de Matías.

—Yo igual —afirmó Karla.

Martín movió un poco la silla de ruedas en dirección hacia una pila de troncos secos, agarró unos cuantos y los arrojó a la fogata. Luego dijo mirando cómo las llamas se multiplicaban con fuerza:

—Cada uno tiene propósitos individuales, claro, pero, ¿se imaginan si todos decidimos servir a nuestro país, cambiar la realidad, hacer algo para que el mundo no sea el mismo cuando nos muramos?

—Estoy de acuerdo —dijo Matías—. Nuestra felicidad nos compromete. No podemos dedicarnos a disfrutar nosotros y que el país se vaya a la mierda. Tenemos que empezar a pensar en la gente.

—¿Ustedes no sienten que estábamos destinados a encontrarnos? —dijo Katherine muy seria.

—¿Destinados cómo? —preguntó Karla con el ceño fruncido.

—No sé cómo explicarlo —respondió Katherine con cierta vergüenza—, es como si todo lo que he vivido apuntara a esto, a encontrarme con ustedes y estar aquí hoy justo los cuatro.

—La intuición ha sido menospreciada incluso por las ciencias humanas —dijo Martín apoyando el comentario—. Solo nos fiamos de la razón y no es justo.

—¿A qué te refieres? —preguntó Matías un poco sorprendido con el tono que estaba tomando la conversación.

—A que también debemos cuidarnos entre nosotros —respondió Martín con seguridad—, protegernos, impedir que alguien se entrometa en el grupo y siembre la discordia. Nuestra amistad es un tesoro y debemos estar alerta. En el arte chino se habla de Los Cuatro Caballeros, que se refiere a las cuatro estaciones. Yo les propongo que seamos un colectivo, una familia.

—Gracias, Martín —dijo Katherine dándole un beso en la mejilla—. Tan bonito. Yo valoro esto con todo mi corazón y no quiero regresarme a mi vida pasada por nada del mundo.

—Yo menos —afirmó Matías abrazándola con fuerza.

—Bueno, por ahora solo fundemos La Iglesia de lo Desconocido y luego vamos definiendo en qué dirección nos vamos a mover —dijo Karla recuperando la sonrisa—. ¿Les parece?

—Sí —respondieron los otros tres sonriendo.

Martín sacó una hoja y leyó unas líneas con cierta solemnidad mientras los iba mirando a cada uno fijamente:

—A Karla la nombro el bambú, que significa el verano. A ti, Katty, te bautizo como crisantemo, que es el otoño. Tú, Matías, eres el ciruelo, que simboliza el invierno. Y yo soy la orquídea, que hace referencia a la primavera. Somos un círculo, un ritmo perfecto, un tiempo cíclico.

—Estoy de acuerdo —dijo Karla—, salvémonos entre todos.

—Aceptemos que encontrarnos fue nuestro mejor destino —aseguró Katherine con una sonrisa dulce.

—Doy por inaugurada La Iglesia de lo Desconocido, que está conformada por Los Cuatro Caballeros del Círculo Solar —dijo Martín abriendo los brazos en cruz—. Nuestro objetivo es salvarnos a nosotros mismos para luego salvar a los demás.

—Amén —dijo Karla y sacó cuatro cervezas de una nevera portátil para brindar.

2

El sábado en la mañana, Antón intentó ponerse en contacto con su hijo, pero este no contestó y entonces supuso que se la estaba pasando muy bien con sus amigos y su novia, o que en el despiste del paseo había olvidado cargar el celular. Más o menos lo mismo les sucedió a las familias de los otros muchachos. Ninguno respondió llamadas ni mensajes. Las compañías de telefonía asegurarían más tarde que los cuatro aparatos dejaron de funcionar a partir de las doce de la medianoche del viernes. Es decir que, a las doce y un segundo, ya los cuatro celulares estaban apagados, sin señal.

No fue sino hasta el domingo en la mañana que Antón se puso nervioso y decidió él mismo ir hasta la casa de campo a revisar cómo estaba su hijo. Jamás había dejado de comunicarse con Martín por tanto tiempo. Empezó a tener un mal presentimiento y salió por la Autopista Norte a las ocho en punto de la mañana. No había mucho tráfico a esa hora. La carretera despejada le permitió ir a un promedio de ochenta kilómetros por hora. A las nueve y media de la mañana llegó a la casa que Martín y sus amigos habían rentado por internet. Tocó el timbre y nadie respondió. La puerta no tenía seguro y entonces entró sin llamar mucho la atención. La casa estaba desocupada y, contrario a lo que imaginó, no encontró desorden. Los morrales de los muchachos, sus iPads y sus libros estaban en la sala, cerca de la chimenea. Las camas estaban tendidas y daban la impresión de que ninguno de ellos había pasado ni siquiera la primera noche allí. Todo era muy extraño y confuso.

Preguntó en las casas vecinas si sabían algo de ellos y un anciano que vivía en una cabaña en diagonal le contó que ellos habían llegado el viernes en la tarde, que encendieron una fogata en las horas de la noche, pero que no hicieron ruido ni pusieron música a un volumen alto porque él se había acostado a las diez en punto sin escuchar ninguna alharaca. Antón le dio las gracias por la información y se dirigió de inmediato a la estación de Policía de Zipaquirá para poner el denuncio. Unos agentes perezosos y pueblerinos le dijeron que no se preocupara, que seguramente los muchachos estaban de paseo por los alrededores, que esperara hasta el día siguiente (lunes) para reportarlos formalmente como desaparecidos.

Durante todo ese domingo, Antón recorrió el sector, preguntó en cafeterías y en restaurantes, llamó a las compañías de taxis y de transporte de turismo para preguntar si ellos habían rentado quizás un carro o una camioneta, y no obtuvo ninguna información al respecto. Era como si se los hubiera tragado la tierra.

En las horas de la noche del domingo consiguió el número de los dueños de la casa y los llamó para preguntarles si sabían algo de los muchachos. La señora Fonseca, una artista plástica de sesenta años que ahora vivía al norte de Bogotá, le dijo que ella les había alquilado la casa directamente y que no estaba enterada del paradero de los jóvenes. Antón le dio las gracias y colgó. Pasó la noche en la cabaña despertándose cada dos horas para ver si de pronto Martín y sus amigos aparecían de un momento a otro. Nada. Las primeras luces de la mañana lo descubrieron junto al embalse, revisando la orilla para ver si hallaba alguna pista.

A las ocho en punto de la mañana regresó a la estación de Policía de Zipaquirá y reportó la desaparición de los cuatro estudiantes. Llamó al padre de Matías, que estaba en Cartagena pasando unos días de vacaciones, y le explicó lo que estaba sucediendo. El senador le dijo:

—¿Está usted seguro? Ese *hippie* se la pasa fumando marihuana.

—No hay rastro de ellos —aseguró Antón muy preocupado.

—Ese sinvergüenza debe estar emparrandado. Así son esos pelaos.

Y colgó el teléfono sin más. Antón no daba crédito a lo que acababa de escuchar. Intentó averiguar los datos de las familias de las dos jóvenes, pero no tenía ningún teléfono ni dirección. Les pidió a los policías que por favor lo ayudaran a comunicarse con los familiares de ellas.

A mediodía del lunes se entrevistó en la casa del Neusa con la dueña del inmueble y se enteró de que había dos cámaras de seguridad: una a la entrada y otra en el patio interior que daba al lago. Revisaron las imágenes y vieron a los muchachos entrar con sus morrales y sus bolsas de mercado. Luego los vieron en el jardín armando la fogata y conversando. Pero de repente, justo a las doce en punto de la noche, la señal se difuminó y la grabación se convirtió en una serie de líneas irregulares que no dejaban entrever ninguna imagen con claridad.

—No sé qué pasó —dijo la dueña en tono de excusa.

—A esa misma hora dejó de funcionar la señal de celular de mi hijo —comentó Antón con preocupación.

—Nunca nos había sucedido algo así.

Antón recogió los objetos de los muchachos, le dio las gracias a la dueña de la casa y regresó a Bogotá a empezar una campaña para encontrarlos. Puso avisos en internet, creó cadenas de WhatsApp para ver si alguien los había visto y llegó incluso a ofrecer una recompensa de cuarenta millones de pesos por alguna información certera que condujera a su paradero. De ahí en adelante, sintió que estaba ingresando en una zona de penumbra, un territorio de tinieblas donde había que moverse a tientas, entre brumas, rodeado de espejismos y de imágenes fantasmagóricas.

3

La policía, por su parte, en la primera semana empezó una investigación mediocre, sin darle mucho crédito a la teoría de la desaparición. Seguían creyendo que seguramente se habían escapado al Chocó o a La Guajira, y que en cualquier momento estarían de regreso bronceados y felices contando las mil aventuras que habían vivido.

—No se imagina la cantidad de casos como este que hemos atendido —dijo un detective con cara de aburrimiento.

—Mi hijo no es así —insistió Antón con rabia e impotencia en la voz—. Es discapacitado, está en silla de ruedas.

Nada convenció a los agentes de la Policía de lo contrario. Siguieron sonriéndose cuando hablaban del caso y diciéndole que se tranquilizara, que por qué no se tomaba él también unas vacaciones. Era exasperante, por decir lo menos.

A la semana exacta lo visitó el senador Betancourt en la casa. Llegó con dos guardaespaldas que lo escoltaban en una segunda camioneta negra con los vidrios polarizados. Le dijo de entrada:

—Vine para pedirle el favor de que no se le vaya a ocurrir ir a la prensa a armar un escándalo por esto.

Antón se contuvo y le dijo en un tono de voz reposado:

—Pensé que me iba a decir exactamente lo contrario: que usted se encargaría de ir a la prensa y de mover todas sus influencias para encontrarlos.

—Empiezo campaña en dos semanas y no me puedo dar el lujo de responder por un asunto escabroso de este estilo. No sé si está enterado, pero soy un político profesional y tengo un perfil presidencial hacia el futuro. La imagen de víctima no encaja conmigo, no me hace justicia. Represento a unos electores que quieren orden en este país, mano dura con los malhechores y delincuentes. ¿Se imagina donde me empiecen a ver como un líder frágil, lacrimoso y achicopalado? Eso sería terrible. Mi carrera se vendría a pique.

—Pero es que esto no se trata de usted, sino de nuestros hijos.

—No sé si su caso se parece al mío o no, pero Matías es un *hippie* sucio y desaliñado que se la pasa fumando marihuana. Es un bueno para nada. Encima de eso es un chantajista, amenaza a cada rato con matarse porque la vida no le interesa mayor cosa. No me extrañaría que se hubiera ido a ahogar a esa laguna.

—¿Me está diciendo que la vida de su hijo no le interesa en absoluto? —preguntó Antón subiendo el tono de la voz.

—No me entienda mal: le he pagado los mejores profesores personalizados, las mejores terapias (incluida la jovencita esa que le recomendó su hijo), la mejor educación, y jamás le ha faltado un buen techo ni comida abundante. Le he dado todo lo que ha querido, pero él sigue resentido con el mundo por lo que le sucedió. ¿Qué más quiere que haga?

—Que me ayude a encontrarlos.

—Por eso estoy aquí. Vine a decirle que ya contraté a un detective privado y que estoy en contacto con altos mandos de la Policía Nacional para que se pongan serios con la investigación. Lo único que le pido es que no vaya a armar un escándalo con la prensa, evitemos que todos esos reporteros de pacotilla nos utilicen para sus titulares amarillistas. Solo eso, no le pido más.

—Le agradecería que me mantenga al tanto de cualquier nuevo dato o de una pista que surja durante la investigación.

—Cuente con eso.

Y, por primera vez, el senador Betancourt y Antón se estrecharon la mano.

En efecto, esa segunda semana la policía empezó una investigación más rigurosa y entrevistaron a las cuatro familias involucradas, a los vecinos de la casa del Neusa, a la gente de los pueblos cercanos e incluso a las compañías de transporte que entraban y salían de los alrededores. También lograron los permisos legales para revisar los mensajes y las llamadas de celular de los muchachos. Pero a finales del primer mes, aún no aparecía ninguna pista segura para encontrar a los cuatro desaparecidos.

Una noche, uno de los agentes encargados visitó a Antón en su casa y, después de los saludos de rigor, le dijo a bocajarro:

—Señor Echeverry, me excusa lo directo que voy a ser, pero no puedo dejar cabos sueltos en esta investigación: ¿usted tenía alguna aventura amorosa con la novia de su hijo?

—Por supuesto que no, cómo se le ocurre.

—¿Usted le pagaba solo por las terapias de su hijo?

En ese momento, Antón entendió que los mensajes de WhatsApp con Karla podían malinterpretarse con facilidad. Seguramente, la policía ya había tenido acceso a ellos y no solo desconfiaba, sino que lo convertía a él de inmediato en un sospechoso. Antón dijo con sinceridad:

—Yo estaba buscando a una terapeuta sexual para mi hijo que, como bien sabe, es inválido. Él estaba empezando a deprimirse y no quería perderlo como ya me había sucedido con mi esposa.

—¿Su hijo estaba al tanto de esa negociación?

—No, para nada. No fui capaz de exponérselo de ese modo. Karla entró a mi casa en calidad de fisioterapeuta.

—Y entonces surgió la relación entre ellos.

—Ella me aseguro que estaba enamorada de verdad de Martín.

—Por eso usted guardó silencio.

—Así es.

—¿Alguien más estaba al tanto de este trato secreto?

—Nadie. Usted es la primera persona que lo sabe.

—¿Lo mismo sucedió con el joven Matías Betancourt?

—No se lo puedo asegurar. No lo sé.

—Pero la joven Katherine Cárdenas, que antes había sido modelo en páginas sexuales de internet, ¿llevaba una relación similar con el joven Matías? O me equivoco…

—No se lo puedo asegurar como tampoco se lo puedo negar. No lo sé. Esa es la verdad.

—Una cosa más: ¿no le pareció peligroso dejar entrar a su casa y a su familia a una jovencita de ese estilo sin confirmar su pasado judicial, sin referencias, sin recomendaciones de ninguna clase?

—Solo hasta ahora pienso en eso.

—Pues solo para que lo tenga en cuenta y reflexione, tengo que decirle que el novio de ella está en la cárcel por narcotráfico. No sabemos aún si se trató de un intento de secuestro y las cosas se pusieron feas.

—¿Cómo así? ¿De qué me está hablando?

—Es una de las tantas hipótesis que estamos barajando, nada más. Las señoritas Karla y Katherine pudieron haber pasado la información a los duros en la prisión y allá adentro dieron la orden de secuestrar a los muchachos. El joven Matías es hijo de un senador y usted también es un hombre adinerado. Un botín fácil y rápido.

—¿Ustedes creen que se trata de un secuestro? ¿Y por qué nadie ha llamado para pedir el rescate?

—Algo salió mal y quizás tuvieron que eliminarlos.

—¿Usted me está diciendo que Karla y Katherine sirvieron de señuelos, que nos infiltraron y que luego secuestraron a nuestros hijos?

—Una cabaña en el Neusa es perfecta para ejecutar el plan. Hay varias rutas de escape.

—¿Eso significa que ellas dos están vivas y que a nuestros hijos tuvieron que matarlos?

—Puede ser. Tal vez estén escondidas con el resto de la banda. No lo sabemos. Ahora hay que investigar al novio de esa jovencita en la cárcel.

Por primera vez, Antón sintió todo el peso de su irresponsabilidad y tuvo una fuerte punzada en la cabeza. Dijo con auténtica aflicción:

—Soy un imbécil…

—No se preocupe. Lo mantendremos informado.

—Espere… Una última pregunta: ¿el senador sabe lo que ustedes ya saben?...

—¿Se refiere a su trato secreto con la señorita Karla?

—Sí.

—Todavía no. Teníamos que constatarlo primero con usted. Pero tendremos que informarlo, por supuesto.

—Esto suena como si yo fuera cómplice de algo turbio.

—¿Y no lo es? —preguntó el policía con el ceño fruncido.

—Sí, claro, pero no de la manera como ustedes se lo están imaginando.

—Mire, señor Echeverry, tranquilícese. Si no tiene nada que ocultar no hay ningún problema. Mucha gente ha sido infiltrada de mil maneras. Los mensajes de texto y de voz de los celulares no nos dan mayores pistas.

—Pero el senador creerá que yo le mandé la secuestradora a su casa.

—Disculpe esta pregunta, pero, usted es un hombre de izquierda, ¿verdad?

—¿Y eso qué tiene que ver? —dijo Antón con asombro.

—En su historial aparece que es simpatizante del Partido Comunista, y, si no me equivoco, de joven tuvo un problema en su universidad en Estados Unidos por militar en un partido ecologista radical. ¿Es correcto?

—¿Y eso me convierte en secuestrador de mi hijo? —dijo Antón poniéndose de pie y levantando los brazos en señal de indignación.

—Tranquilícese, señor Echeverry. Solo estoy preguntando. Todas las familias han tenido que responder preguntas incómodas.

—Usted me está señalando por mis inclinaciones políticas.

—Yo solo lo estoy interrogando, nada más. Es mi deber.

—Hágame el favor y se retira de mi casa.

—Por supuesto. Pero debería pensar mejor sus decisiones: echa a los representantes de la ley y alberga a posibles delincuentes. Revise su moral, señor Echeverry.

El policía salió de mal genio y Antón estuvo a punto de dar un portazo con fuerza, pero se contuvo. Al fin de cuentas, pensó, el hombre tenía la razón: no había sido estricto con la seguridad de su casa. En un país como Colombia, donde la mafia y las bandas del crimen organizado campean a diestra y siniestra, él no solo había sido laxo e ingenuo, sino imprudente, ligero e insensato.

CAPÍTULO XI

Pequeños trucos

1

Un sábado en las horas de la mañana, el senador Betancourt llamó a Antón por teléfono y le dijo:

—¿Tiene tiempo ahora para que conversemos?

—Antes de cualquier cosa quiero excusarme con usted porque yo…

Antón no alcanzó a confesar lo que tanto lo venía atormentando (el secreto de Karla) porque de inmediato el senador lo interrumpió y le insistió:

—No se preocupe. ¿Tiene tiempo ahora para vernos?

—Puedo ajustar mi horario, sí.

—Ya mismo le envío una camioneta. Esté pendiente.

Y colgó sin darle tiempo a nada más. Veinte minutos después, una camioneta con los vidrios oscuros llegó a recogerlo con dos gorilas sentados en los asientos delanteros. Antón alcanzó a preguntar apenas abrió la puerta:

—¿Para dónde vamos?

—El senador lo está esperando —dijo el conductor sin dar más explicaciones.

Media hora más tarde condujeron a Antón hasta un edificio cercano al Jardín Botánico. Le pareció curioso que hombres de civil lo guiaran por corredores con luces de neón y ventanales cuadrados con vidrios insonorizados de color verde. Lo llevaron hasta una sala donde ya estaba el senador esperándolo.

—Buenos días —dijo Antón acercándose al padre de Matías.

—Me alegra que haya podido venir —dijo el político a manera de saludo.

—¿Qué estamos haciendo aquí?

—Ya lo va a ver en unos segundos.

Antón notó entonces que el vidrio que estaba a su izquierda dejaba ver lo que ocurría del otro lado, en una sala de interrogatorios rectangular que solo tenía una mesa, una lámpara y tres asientos, nada más. Enseguida llevaron a rastras a un joven de unos veinticinco años con el cabello cortado a ras y lo obligaron a sentarse. Un hombre de unos cincuenta años, de piel cetrina y cuarteada, se sentó frente al joven. Un pequeño parlante permitía escuchar todos los movimientos de la sala contigua, los roces de los asientos contra el suelo, la respiración agitada del joven, el ruido de los zapatos de cuero del hombre al chocar contra la mesa metálica.

—Ese es el novio de Karla —dijo el senador sin inmutarse.

—¿El que está en la cárcel? —preguntó Antón incómodo con la escena de la cual estaba siendo testigo.

—Lo trajeron de La Modelo. Si sabe algo nos enteraremos muy pronto.

El hombre empezó preguntándole al joven con voz suave y parsimoniosa:

—Steven Evelio Roncancio, ¿correcto?

—Sí, señor.

—Está detenido por narcotráfico, ¿verdad?

—Por microtráfico, señor.

—¿A qué banda pertenece?

—Los Cerrojos.

—Está en el patio quinto del ala sur, ¿cierto?

—Sí, señor.

—¿Conoce a la señorita Karla Gómez?

—La distingo, sí, señor.

—¿Por qué?

—Salí con ella por unos cuantos meses.

—Eran novios.

—Sí, señor.

—¿La siguió contactando después de haber sido detenido?

—Le envié varios mensajes con conocidos, pero ella jamás quiso ir a verme.

—¿Usted sabía que ella ya salía con otro joven?

—Me lo imaginé.

—En su patio está la banda de Román Ortega Cerón, ¿correcto?

—Sí, señor.

—Ellos están implicados en varios secuestros.

—No lo sé, señor.

El interrogador se puso en pie con una agilidad asombrosa y abofeteó al joven con una rapidez que convirtió el golpe en un movimiento casi invisible. El detenido quedó atontado y fuera de lugar. El hombre volvió a sentarse y dijo con dureza:

—Vamos a empezar a entendernos. No soy idiota, mariconcito de mierda. Si no quiere salir reventado de aquí es mejor que diga la verdad.

—Sí, señor —respondió el joven abriendo los ojos de par en par.

—La banda de Ortega se financia con secuestros y tienen a varios miembros activos operando desde afuera.

—Eso dicen, sí, señor.

—¿Usted hace parte de ese combo?

—No, señor, pero me llevo bien con ellos.

—¿Qué significa eso?

—Los Cerrojos hemos traficado para ellos varias veces.

—¿Y en los secuestros?

—Yo no puedo secuestrar porque estoy adentro, señor.

—Pilas con volver a *mariquiarme*. Eso lo sé. ¿Pero y sus amigos que están afuera?

—No tengo idea, se lo juro.

—Estamos graves, hermanito. No quiero joderlo, pero si usted insiste, me toca.

—Le estoy diciendo la verdad, señor.

—¡No me está diciendo ni mierda, maricón! Los Cerrojos que están operando en Fontibón y Engativá han colaborado en varios secuestros con Ortega.

—Hay cosas que suceden afuera que yo no sé, señor.

—Todo se sabe en la cárcel. El tiempo corre lento y todos hablan de los golpes que llevan a cabo afuera.

—Uno oye cosas a veces, pero no sabe si son ciertas.

—Vamos a ayudarlo a recordar... Hagamos un breve receso a ver si de pronto se le refresca la memoria...

Y el interrogador salió del lugar. En la sala contigua, Antón no sabía qué decir ni cómo comportarse. El senador continuaba mirando al detenido con desprecio.

2

Unos minutos más tarde, el interrogador regresó acompañado de dos gorilas con aspecto de matones, fornidos y malencarados. Pusieron una prensa de carpintería de dos piezas sobre la mesa y metieron la mano derecha del joven justo en el medio. Luego apretaron un poco hasta dejarla completamente inmovilizada.

—Noooo, se lo ruego, por favor —gemía el joven asustado y nervioso.

Del otro lado del vidrio de seguridad, Antón dijo poniéndose pálido:

—Eso es tortura, es ilegal.

—Estos tipos son unas ratas —comentó el senador con tranquilidad—. No hay otra forma. Si ese miserable tiene a nuestros hijos, lo sabremos muy pronto.

El interrogador volvió a usar el tono cordial del comienzo:

—Ahora sí nos vamos a entender. Le vuelvo a preguntar: ¿Los Cerrojos participan en secuestros con la banda de Ortega?

—Tal vez, señor, pero esa información no me llega a mí.

El interrogador le hizo una seña a uno de los gorilas y este se acercó con una especie de espátula pequeña y unos alicates en alto. Agarró el dedo índice y le abrió la uña con la espátula. El detenido no dejaba de gritar y de dar alaridos. Luego agarró la uña con los alicates y la arrancó de un solo jalón. El joven se retorció de dolor en la silla. El interrogador le dijo sin alteraciones en la voz:

—Cada vez que intente *mariquiarme*, una uña. Después empezaremos cortando los dedos. ¿Estamos?

El joven no podía respirar y no pudo responder. El hombre volvió a ponerse de pie y lo abofeteó de nuevo en la otra mejilla.

—¿Estamos? —le repitió antes de sentarse.

—Sí, señor —dijo el detenido con la voz temblorosa.

—Eso, ahora sí nos estamos entendiendo. Vuelvo y le repito: ¿sus amigotes realizaron secuestros para la banda de Ortega Cerón?

—Es posible, sí, señor.

—¿Usted investigó con quién estaba saliendo su novia?

—Sé que era un gomelo, nada más. Un niño rico.

—Eso, así me gusta. Colaborando, hermano. Y decidió cobrarse venganza y de paso meterse un billete.

—No, señor, yo no he hecho nada.

—Pero le pasó el dato a Ortega y él lo planeó todo.

—No, señor, se lo juro.

—¿Usted sabía que el mejor amigo del novio de Karla Gómez era hijo de un senador?

—No, señor, se lo juro que no.

El gorila se volvió a acercar, abrió esta vez la uña del dedo gordo y la arrancó de tajo con un largo pedazo de piel que se desgarró. El detenido no dejaba de gritar. Los dedos le sangraban a borbotones. El interrogador volvió al ataque:

—Usted sí sabía, malparido, no nos venga con cuentos. Ortega creyó que era un golpe fácil y actuaron con rapidez. Su novia fue el enlace para el operativo.

—No sé de qué me está hablando, se lo juro.

El gorila esta vez apretó con los alicates el dedo índice, que sangraba copiosamente, y lo dobló con fuerza hasta quebrarlo y dejarlo como si fuera el dedo de tela de una marioneta. El preso se retorció de dolor y gritó con furia y con miedo a la vez:

—¡Yo no sé nada de ese plan! ¡No sé nada! Se los juro. No puedo inventarme una información que no sé. ¡No más!

El interrogador les hizo una seña a los dos matones y estos le liberaron al joven la mano de la prensa. El prisionero no dejaba de agarrarse los dedos heridos con la otra mano. El interrogador siguió hablando en el tono neutro que había utilizado al comienzo:

—Entablíllese cuando llegue a la celda. Eso no es nada. Diga que fue un accidente en la cocina.

—Sí, señor.

—Sin embargo, mi querido amigo, creo que aún me falta información.

—Ya le dije que yo no sé nada de ningún secuestro. Se lo juro por mi madre.

—¿Y lo juraría por su hermanita también?

El recluso abrió los ojos y el rostro palideció de inmediato. Dijo con impotencia:

—Ellas no tienen nada que ver. Por favor…

—Los jóvenes secuestrados tampoco tenían nada que ver. Así es la vida, hermanito.

—No, ellas no…

—Tenemos a su hermanita aquí al lado. Mis dos hombres están que se dan un banquete con ella.

El reo empezó a llorar y se puso de rodillas. Dijo con la voz convertida en un hilo:

—No, no, no hagan eso… Es una niña…

—Entonces díganos cómo se organizó el secuestro.

El joven se quedó de rodillas y empezó a orar, como si de un momento a otro se hubiera desconectado de la realidad:

—Señor, Señor, escúchame en esta hora desesperada. Protege a mi hermanita, te lo imploro de rodillas…

Del otro lado del vidrio, Antón no pudo más y dijo:

—Esto es tortura, es contra la ley. No se combate a la delincuencia siendo un delincuente igual.

—Teorías —dijo el senador suspirando con tranquilidad—, con estos cabrones toca tener mano dura.

—No pienso participar en esto, es un delito.

—Haga lo que le dé la gana. Yo me quedo.

—¿Van a violar a una niña para que este fulano confiese algo que no sabe?

El senador no respondió y Antón hizo el gesto de retirarse, pero justo en ese momento se escuchó la voz de una jovencita que decía desde algún lugar que no se veía:

—¿Van a traer a mi hermano? ¿Lo voy a poder ver?

El interrogador dijo:

—La tenemos en la habitación de al lado. Está con la minifaldita del colegio. Dieciséis años, hermanito. Rica.

Steven continuaba orando en una especie de trance:

—Ayúdala, protégela. Tú eres Dios, el Inmortal, el Todopoderoso. No permitas esto, Señor, te lo suplica uno de tus siervos. Yo soy malo, yo merezco todos los castigos, pero ella no, Señor. Tú, que todo lo sabes, que todo lo puedes, arrópala con tu manto, hazla invisible…

—Soltando la lengua, maricón. Hágale. ¿Cuándo y cómo planearon el secuestro?

El prisionero siguió balbuceando sus oraciones sin escuchar, ido, sordo a las amenazas, como si de pronto en ese cuerpo ya no hubiera nadie y solo fuera un envoltorio vacío. El interrogador les dijo a sus hombres:

—Háganle lo que quieran. Es suya, muchachos. Disfrútenla.

Los dos gorilas salieron del recinto y unos minutos después se escuchó en los altavoces los gritos de una joven que suplicaba:

—¡Por favor, no me hagan esto, por favor! ¡Yo no he hecho nada!

La voz de uno de los matones se escuchó con claridad:

—Venga, mi amor, tranquila. No le va a doler…

El preso se tapó los oídos y siguió orando, cada vez más alto para no escuchar los gritos de súplica de su hermanita. La mano torturada dejaba ver el dedo roto colgante y la sangre chorreando por el cuello y manchando la camiseta de un rojo carmín.

Del otro lado de la sala de interrogatorios, Antón levantó la voz con furia:

—¡Hay que detener esto ya! ¡No podemos ser cómplices de una violación! ¿Qué les pasa? Voy a denunciarlos a todos. Soy un defensor de derechos humanos.

—Deje el *show* —dijo el senador sin alterarse—. No hay ninguna hermanita. Deje de ser tan idiota.

—Pero si acabamos de escucharla.

—Es una agente de la Policía, una experta en imitar voces. Es un truco.

—¿Qué?

—Como lo oye, es una actriz.

—No le creo. Esto parece real.

—De eso se trata, Echeverry, de que el interrogado se lo crea. Llevan días practicando.

—¿Grabaron la voz de la hermanita y luego buscaron a alguien que pudiera imitarla?

—Qué importa eso, hombre. Lo que importa es que este criminal suelte la lengua.

—De todos modos, es tortura psicológica.

—¿Y nosotros qué? ¿Nuestro dolor no importa? ¿No nos están torturando también psicológicamente?

—No puedo más, me voy.

Y Antón se retiró del lugar sin mirar hacia atrás.

El senador dijo con fastidio mirando a través del vidrio:

—Lo peor es que este güevón parece no saber nada. La cosa no es por acá.

En el piso de la sala de interrogatorios, el novio de Karla continuaba orando inclinado en el piso, con la mirada perdida en el vacío, buscando con desesperación a ese Dios en el que tanto confiaba. Tenía una mirada delirante, como si estuviera poseído o a punto de sufrir algún ataque epiléptico. En los altavoces, la voz de una muchachita gemía y suplicaba que por favor no la siguieran desvistiendo, que no le fueran a hacer nada, que era virgen.

El senador se cansó de esperar resultados y dijo en voz alta, solo para sí mismo:

—Qué pérdida de tiempo tan hijueputa.

Y salió del lugar también manoteando y maldiciendo.

CAPÍTULO XII

Un experimento

1

Al finalizar la tercera semana, Antón empezó a sentir una culpa que le atenazaba las entrañas. Él trajo a la casa a una desconocida que, muy seguramente, había sido la causa de la desaparición tanto de Martín como de su amigo Matías. Y peor aún: hizo un trato secreto con ella, la había contratado para acostarse con su hijo y engañó a todo el mundo. Ese horror luego se extendió a la casa de Matías y las consecuencias saltaban a la vista: los dos muchachos estaban desaparecidos y los primeros indicios apuntaban a un secuestro. No podía ser peor. Y él era el responsable, el origen del caos, el mentiroso y engreído que había traído la desgracia a ambos hogares. ¿Cómo se le había ocurrido semejante imbecilidad? ¿Por qué no dejó que Martín llevara su vida normal, que tarde o temprano encontrara una chica común y corriente y empezara una relación a su ritmo, según sus posibilidades? ¿Qué se había creído él? ¿Una especie de semidios? Era ridículo, penoso, y las consecuencias eran obvias: los dos jóvenes podían incluso estar muertos.

Antón también visitó las unidades de búsqueda de personas desaparecidas, las oenegés donde tenía conocidos, las fundaciones que se encargaban de ayudar a los familiares de los desaparecidos, pero todos le repetían lo mismo: no había indicios de nada, los muchachos no estaban fichados como subversivos o militantes de algún grupo radical, y los policías retirados, que a veces trabajaban como detectives privados, tampoco los tenían en sus radares.

En este punto, Antón intentó ingresar al computador de Martín y leer todos sus trabajos y sus anotaciones, pero solo pudo hacerlo con los documentos académicos. El diario personal y otros textos íntimos estaban cifrados con claves complejas que le impidieron el acceso. Después de muchas horas de intentarlo se cansó y apagó el aparato.

El insomnio dejó a Antón agotado, deprimido y con unas ojeras que lo avejentaron aún más. En el trabajo rendía lo mínimo, no podía concentrarse y se pasaba las noches en vela pensando opciones, posibles pistas, hipótesis que nadie había contemplado. Hasta que las primeras luces del amanecer lo descubrían con los ojos abiertos, destruido y sin ganas de ir a trabajar.

Un viernes en las horas de la tarde, Antón respondió una llamada de una voz neutra (ni masculina ni femenina) que dijo en un tono frío y cortante:

—Sé quién tiene a los dos muchachos.

—¿Quién habla? —preguntó Antón sintiendo que el corazón se le aceleraba.

—Una amiga y yo hacemos aseo en la bodega donde los tienen retenidos.

—Dígame dónde están, por favor. ¿Por qué no han pedido rescate?

—Los vendieron para un experimento.

—¿Qué?

—No los han podido sacar de la ciudad porque la Policía y el Ejército montaron retenes en todas las salidas principales.

—¿Un experimento de qué?

—Son contratistas privados de seguridad.

—¿Y para qué necesitan a mi hijo?

—Para amputarlo y ponerle unas prótesis especiales. Están construyendo al soldado perfecto.

—Mire, no tengo tiempo para estas chifladuras.

—Allá usted si no me quiere creer. Si los implantes resultan bien, ellos van a poder correr a cien kilómetros por hora y saltar cinco o seis metros con facilidad.

—Usted está loca.

—Podrán subir montañas en cuestión de pocos minutos. Yo misma los he escuchado cuando hablan del experimento.

—¿Dónde están?

—Necesito primero saber si me van a pagar la recompensa.

—Si llegamos a ellos claro que sí.

—Necesito estar segura. Haciendo esta llamada ya me estoy jugando la vida. Y sobra decirle que si llama a la policía yo desapareceré por completo y jamás encontrará a su hijo.

—¿Él está bien? —preguntó Antón con los ojos arrasados en lágrimas.

—Está muy deprimido. Llora mucho. El otro joven acaba de empezar una huelga de hambre. Las cosas se están poniendo difíciles con la retención.

—Yo le juro por mi hijo, que es lo más sagrado en mi vida, que le pagaré la recompensa apenas lo encontremos.

—Necesito que me dé el doble.

—¿Ochenta millones?

—Sí, cuarenta por cada uno.

—Está negociando personas, no se le olvide.

—Tengo que irme.

—Espere, espere. Hablaré con el senador. Le pagaremos, se lo aseguro.

—Mañana le marco a esta misma hora. Recuerde que si llama a la policía no volverá a saber de mí.

Y la voz neutra colgó. Antón no sabía qué hacer, si avisarles a los de la policía o no. Le daba miedo que la mujer desapareciera por completo y que el caso se quedara así, sin pistas de ninguna clase, inconcluso para siempre. Era una pesadilla pensar que nunca más volvería a saber nada de Martín. Lo que hizo veinte minutos después fue marcar al celular del cual acababa de recibir la llamada. Para su sorpresa, le respondió una chica joven:

—¿Si, diga?

—Me acaban de llamar de este número.

—Esto es un minutero, caballero.

—¿Dónde se encuentra?

—En la Plaza de San Victorino. Ahora excúseme, pero estoy perdiendo plata hablando con usted…

Y la llamada se cortó enseguida. Antón calculó con rapidez que podían encontrar ese lugar, revisar las cámaras de seguridad del sector y dar con la persona que a la hora precisa había realizado la llamada. La encontrarían y tendría que revelar el lugar. Ya era hora de hacer las cosas bien, se dijo con entusiasmo. Así que llamó a uno de los agentes y le explicó en detalle lo que acababa de suceder. Le dio el minuto y el segundo exactos que marcaba su celular al momento de la llamada. Lo único que omitió fue la teoría del experimento. Dijo que la mujer sabía dónde estaban los jóvenes y que había pedido doblar la recompensa. De inmediato empezaron el rastreo.

Dos horas más tarde lo llamó el senador Betancourt y le dijo:

—Malas noticias, Echeverry.

—¿Qué pasó?

—Encontraron el teléfono y, en efecto, como usted lo supuso, había una cámara de seguridad de uno de los almacenes de la zona apuntando a la plaza.

—¿Y?

—Era una mujer joven, pero llevaba una capucha. No se le ve el rostro en la cámara. Pudieron seguirla con otras cámaras por unas cuantas calles, pero le perdieron el rastro cuando se metió entre el gentío de los vendedores ambulantes. Qué de malas.

—No puede ser.

—Los de la policía van ahora para su casa. Quieren hablar con usted. Hay que esperar a que vuelva a llamar y rastrear la llamada.

—Ella dijo que si llamaba a la policía no volvería a llamar.

—No perdemos nada intentándolo. Estaré atento. Hasta luego.

Y Antón no alcanzó a despedirse cuando ya el senador había colgado.

Tal y como lo anunció Betancourt, los de la policía llegaron a los pocos minutos y se instalaron en la casa de Antón para rastrear la siguiente llamada de la mujer. Tuvieron que quedarse a dormir y esperar hasta el día siguiente para intentar dar con el origen de la posible testigo del secuestro. Pero la llamada nunca se realizó y la única posible pista para encontrar a Martín y a Matías se desvaneció en medio de una ciudad en la cual era muy fácil camuflarse y desaparecer.

El problema de ese episodio descabellado e inverosímil fue que Antón se sintió después más culpable de lo que ya se venía sintiendo. El mundo era tan extraño e impredecible que quizás la historia de la mujer fuera cierta y los dos discapacitados sí habían sido secuestrados para hacer parte de un experimento militar. ¿Por qué no? A la única persona que le confesó semejante disparate fue a Clementina, la fiel empleada que seguía a su lado y que lo había cuidado sin descanso durante las últimas semanas:

—Imagínate, Clementina, una especie de operación para convertirlos en superhéroes.

—Señor, voy a hacerle un agua de manzanilla para que descanse. Hace varias semanas que no duerme bien.

Y la mujer se perdió en la cocina mientras murmuraba una oración en voz baja. Antón se sintió como un desquiciado que ya estaba empezando a perder la razón.

2

Tres días después, a las once de la noche, entró otra llamada desde un número de celular que Antón no tenía registrado en su directorio. Contestó con cierto nerviosismo y una voz distorsionada por un aparato dijo con seguridad:

—Sé dónde están.

—¿Quién llama? —preguntó Antón angustiado.

—Están en una bodega en las afueras de la ciudad.

—Deme pruebas de supervivencia de alguno de ellos.

—No puedo, están demasiado custodiados.

—¿Quién los tiene?

—Quiero la recompensa. La mitad mañana mismo y la otra mitad cuando los encuentren.

—¿Cómo sé que no me está mintiendo?

—Usted verá. Supongo que su hijo vale mucho más que eso.

—Pero necesito saber que me está diciendo la verdad.

—Su hijo no lo llama a usted en las horas de la noche. Llama a su mamá. Incluso una noche lo escuché decir que ya pronto se reuniría con ella.

Antón se sintió de repente mareado, con ganas de vomitar y no supo qué decir. La voz dijo antes de colgar:

—Le marcaré mañana en la mañana para indicarle el sitio de la entrega de los primeros veinte millones.

Antón corrió hasta el baño, se arrodilló en el piso e inclinó la cabeza en la taza para vomitar. Nunca le había sucedido algo así. Su cuerpo se encontraba al borde de un colapso.

Apenas se recuperó un poco llamó a la policía y les volvió a indicar el número y la hora de la llamada. A la una de la mañana, el detective encargado del caso lo llamó y le dijo que la mujer estaba detenida. La iban a interrogar a la mañana siguiente. Le explicó que él y el senador podían presenciar el interrogatorio, si querían. Se llevaría a cabo a las ocho en punto en las dependencias de la Fiscalía. Antón le agradeció y colgó.

A las siete y media de la mañana Antón llegó a la Fiscalía y preguntó por el detective. Lo condujeron hasta un ala de la edificación donde estaban las salas en las que se realizaban los interrogatorios. El senador ya se encontraba en el lugar. Detrás del vidrio de seguridad, una mujer de unos cuarenta y tres o cuarenta y cinco años estaba sentada en una silla metálica y al frente estaba el detective encargado de la investigación. No tenían una mesa en donde apoyarse. El detective empezó diciendo:

—Usted llamó anoche a las once de la noche al señor Antón Echeverry a decirle dónde se encontraba su hijo desaparecido.

La mujer guardó silencio. El detective continuó:

—Dijo que estaban en una bodega en las afueras de la ciudad. ¿Por qué tiene usted ese dato?

—No es un delito intentar cobrar la recompensa.

—Primero tiene que demostrar que no está mintiendo.

—Yo no tengo que demostrar nada. Ustedes me liberan, me pagan la mitad, yo les doy esa información, ustedes liberan a los muchachos y me consignan el resto.

—¿Usted cree que soy idiota? Si no me dice por qué sabe dónde están ellos se va a la cárcel por extorsión.

—Y los jóvenes se mueren.

—Y usted se pudre en el Buen Pastor.

—Pero no me muero. Ellos sí.

—Díganos dónde están, cobra la recompensa y sale libre y sin cargos.

—No, porque los que los secuestraron son detectives, como ustedes. Me van a robar la plata y después me pegan un tiro.

—¿Está diciendo que los tiene secuestrados la gente de la Policía?

La mujer volvió a callarse. En la otra sala, Antón se volvió hacia el senador y le dijo:

—Eso tiene sentido.

—No necesariamente —respondió el senador en su tono desenfadado de siempre—. Esta vieja está contra la pared. Sabe que se va a pudrir en la cárcel. Está haciendo un farol y se abre con veinte paquetes. Jugada perfecta.

—¿Y si no?

—Pues entonces dice la verdad, cobra los cuarenta palos y se abre.

—No, porque si los secuestradores son de la Policía la van a encontrar y la matarán.

—Y si cobra ahora también. ¿Cuál es el punto?

—Que alcanza a huir y a esconderse antes de que la pillen.

—Igual la van a perseguir cuando retire la plata de la segunda entrega.

—No sé, veinte millones no es una cifra exagerada. Podemos arriesgarnos. Vamos por mitades.

—Ese no es el punto. Esta vieja nos va a meter los dedos a la boca y después nos vamos a sentir como un par de pendejos. Es mejor apretarla.

En la sala de interrogatorios, el detective se mantuvo firme en su posición:

—Este es el trato: usted nos dice dónde están, le entregamos su dinero y yo mismo le garantizo su seguridad hasta que esté sana y salva.

—Yo no tengo por qué confiar en usted.

—Entonces se va a la cárcel por extorsión. Le esperan por lo menos veinte años. Las mismas guardianas la van a violar apenas entre.

—Y los muchachos se mueren. Conste. Esa responsabilidad caerá sobre sus hombros.

—Usted cree que está hablando con un neófito. Se equivoca: tengo veinte años de experiencia. Usted está mintiendo. Es una estafadora de poca monta y le salió el tiro por la culata. Creyó que eliminando la *sim card* era suficiente para que no la encontráramos. Se le olvidó que los mismos aparatos tienen un dispositivo para dar con ellos en caso de robo. Se metió en un terreno que no es para usted. Gran error. Debió quedarse en su territorio estafando a ingenuos de barrio. Nosotros somos profesionales.

El detective pidió que le abrieran la puerta y al salir le dijo a uno de los subalternos:

—Deténgala por estafa y extorsión.

Luego el hombre se dirigió a la sala donde estaban el senador y Antón, y les dijo en un tono casi profesoral:

—Sabíamos que era mentira desde el comienzo, pero quisimos que ustedes escucharan para que se quedaran tranquilos.

—¿No es posible la hipótesis de que sean policías? —preguntó Antón con la voz temblorosa.

—Era la única manera que tenía de salir y de meternos un golazo. Si hubiera sabido dónde estaban los jóvenes, hubiera cobrado la recompensa y habría desaparecido. De todos modos, vamos a investigarla a fondo, dónde ha estado las últimas semanas, sus amistades, sus amigos más cercanos. No dejaremos nada sin revisar.

—Estoy de acuerdo —dijo el senador—. Es una oportunista aprovechándose de nuestro dolor. Que se pudra en la cárcel.

—Gracias por venir —dijo el detective—. Los mantendremos al tanto de cualquier novedad.

Los tres se dispersaron y salieron del lugar.

Ya en su carro en el parqueadero, Antón recordó la frase de la mujer (*su hijo no lo llama a usted en las horas de la noche, llama a su mamá)* y sintió un dolor profundo en el pecho. En efecto, si Martín se sintiera desprotegido y en peligro, él sabía que invocaría la presencia de Valentina, de su mamá. ¿Había la mujer adivinado por pura casualidad? ¿O todos somos iguales y siempre, sea como sea, invocamos a nuestra madre buscando ese abrazo protector?

CAPÍTULO XIII

Los guardianes

1

Un mes después de la desaparición, Antón y el senador se encontraron en el restaurante El Virrey del Hotel Tequendama para tomarse un café. Ambos pidieron un capuchino con leche deslactosada y se sentaron en un rincón para poder conversar sin llamar la atención. El senador empezó la conversación diciendo en voz baja para que las mesas de al lado no escucharan nada:

—Hace rato quería hablar con usted, Echeverry.

—¿Y eso? ¿Hay alguna pista?

—Es para decirle que apretamos a las dos familias de las dos sardinas con las que andaban este par.

—Mejor no me dé detalles.

—Fresco, fueron interrogadas las mamás, los hermanos y un padrastro que es una joya.

—¿Y nada?

—Nada. La que salía con Matías había sido modelo *webcamer* y entre los amigos había unas joyitas duras. Pero ninguno involucrado en un secuestro.

—No puede ser.

—Y la que salía con Martín era una sardina sana. Tenía ese exnovio encanado que tampoco tenía nada que ver.

—Esto no tiene sentido, es muy extraño.

—Y no se fugaron a hacer una vida los cuatro porque Matías tenía la clave de la caja fuerte y no tocó un peso. Si se hubieran escapado a hacer una nueva vida él habría podido sacar mucha plata entre dólares y euros. Y no cogió un solo centavo.

—Yo me siento culpable por haber llevado a esa jovencita a la casa. Y luego llegó la otra a la casa de ustedes. Qué vergüenza.

—Ellas no tuvieron nada que ver, así que por ese lado relájese. Solo nos queda una cosa pendiente y por eso quería hablar con usted. No hemos revisado el embalse.

—¿Que les haya dado por nadar y se hayan ahogado?

—O algo peor: que los hayan atracado y desaparecido echando los cuerpos al agua.

—¿Y cómo hacemos para revisar el embalse? Eso es enorme.

—Al menos revisar los embarcaderos cercanos a la casa y echar un vistazo por los alrededores.

—¿Y quién hace ese trabajo?

—Ya tengo todo listo. Unos contratistas privados.

—¿Cuánto vale algo así?

—No se preocupe, yo pago. Solo quería su autorización.

—Le agradezco mucho que no baje la guardia y que intentemos todo lo que esté a nuestro alcance.

—Este fin de semana estarán revisando. Mañana la CAR me da los permisos.

—¿Puedo ir?

—Por supuesto. Empezarán el sábado a las siete de la mañana. El domingo y el lunes lo harán a partir de las ocho.

—A estas alturas, aunque suene macabro, prefiero encontrar el cadáver que quedarme con él desaparecido de por vida.

—Esta gente estará tres días con buzos especializados. Son profesionales.

—A veces me levanto a altas horas de la noche y no puedo volver a dormirme. Es horrible. No sé qué error fue el que cometí.

—Ninguno, hombre, ninguno. Hemos sido padres responsables.

Terminaron de tomarse el café y se despidieron con un fuerte apretón de manos.

El fin de semana siguiente Antón y el senador estuvieron muy pendientes de los resultados en el embalse del Neusa. La dueña de la casa que habían arrendado los cuatro jóvenes prestó el lugar para que llegara todo el equipo de rastreo subacuático. Eran antiguos militares y gente que había trabajado en la Armada Nacional. Revisaron la zona, varios buzos nadaron durante horas por los embarcaderos cercanos y nada, no hallaron ninguna prenda de vestir, ningún reloj, ningún indicio de ellos. Fue decepcionante no encontrar una billetera, un celular, una bufanda o un gorro siquiera. Nada.

Dos días después, un miércoles en las horas de la mañana, Clementina, la empleada de la casa de los Echeverry, llamó una ambulancia porque no pudo despertar a Antón, que estaba en la cama completamente inconsciente. Lo condujeron a la sala de urgencias de la Clínica del Country y allí detectaron que se había tomado medio frasco de pastillas para dormir. Cuando Antón despertó, un psiquiatra le preguntó en un tono inquisitorial:

—¿Quería dormir o quería suicidarse?

—A estas alturas, qué más da.

—Discúlpeme, señor Echeverry, pero la diferencia es notable. La primera es un error de dosificación y ya está. En la segunda usted es un suicida y significa que ya no es responsable de sus actos y que necesita supervisión psiquiátrica.

—Entonces digamos que quería solo dormir.

—No es un juego. Y piense en algo: si aparece alguna pista sobre su hijo, y usted no está ahí para ponerse al frente de la investigación, lo va a lamentar toda la vida.

—Gracias, doctor.

El psiquiatra salió y Antón aprovechó para dormir un rato. Seguía atontado y sin ganas de ver ni hablar con nadie.

2

Antón regresó a su casa con cierta sensación de irrealidad que le hacía vivir su vida como si se tratara de una ficción. Tenía la impresión de estar metido en una película o un libro. Antes los objetos y las personas tenían una consistencia clara, una solidez, pero ahora todo parecía de mentira, como si estuviera metido en un sueño, en una ilusión.

Desde hacía semanas se venía sintiendo mal también con la familia de Karla. No sabía si la policía los había informado sobre el trato secreto que tenía con él, pero quería explicarles que la joven había recibido en su casa afecto y mucho respeto, y que su desaparición también lo afectaba y le dolía. Pero no sabía cómo acercarse a ellos, qué decirles de entrada, cómo comportarse. Al final, no hizo nada y decidió descansar para recuperar algo de energía y pensar con más claridad.

Ya había pasado un mes y medio desde la desaparición de los muchachos, cuando una noche su cuñada, Yolanda, la hermana de Valentina, lo llamó y le dijo:

—No me has querido aceptar la invitación a comer. No te encierres tanto, querido.

—Te podrás imaginar que no tengo ganas de hacer nada —dijo Antón a manera de excusa.

—Me lo imagino, es normal. Han sido pruebas muy duras.

—Me cuesta cargar con mi vida en estas circunstancias.

—Mira, yo te llamo por lo siguiente: tú sabes que hace ya varios años pertenezco al movimiento espírita. La vida no empieza ni termina aquí, querido. Esto es solo un tránsito. Estamos de paso hacia otros estados, hacia una energía que sigue fluyendo.

—Gracias por la explicación, Yolanda.

—Yo no llamo a darte explicaciones, bobo. Quiero decirte que hemos hecho contacto muchas veces con seres que están del otro lado. En el grupo hay médiums muy calificados. ¿Por qué no intentamos una sesión? Tal vez logremos saber qué pasó con Martín.

—Tú sabes que yo soy muy racional, me cuesta trabajo creer en esas cosas.

—No importa, querido. Déjanos reunir en tu casa y estás ahí como testigo, nada más.

—No me encuentro muy bien de salud.

—El viernes en la noche. Tipo ocho. No se diga más.

—No sé qué decirte…

—Yo hablo con Clementina y preparamos unos pasabocas. Yo me encargo de todo, no te preocupes.

—*Okey*.

—Gracias por ser *open mind*, querido. Nos vemos el viernes.

Y colgó. Antón se quedó con un sabor amargo en la boca. Cuando Valentina estaba viva le contaba las andanzas de su hermana al interior del movimiento espiritista, sus sesiones que habían curado gente, las predicciones de ciertos espíritus que luego se confirmaban con precisión. Incluso en dos ocasiones, Yolanda había viajado a Rumania y a México para participar en unos encuentros con médiums internacionales de gran prestigio. De la segunda sesión llegó afirmando que se acercaba una pandemia, que un virus letal se iba a propagar por todo el planeta. Cuando ella lo dijo todo parecía una locura, una idea calcada de algún filme de ciencia ficción apocalíptica. Pero la verdad era que cinco meses después estaban todos encerrados en largas cuarentenas y los hospitales atiborrados de enfermos que morían masivamente.

El viernes siguiente, a partir de las siete de la noche, fueron llegando los integrantes del movimiento espírita a la casa de Antón. Venían de distintas partes de la ciudad y pertenecían a oficios variados: amas de casa, electricistas, comerciantes, empleados públicos. Yolanda los recibió con gran deferencia, les brindó unos pasabocas y bebidas sin alcohol, y a las ocho en punto dejaron solo una luz escasa en un rincón, se sentaron en grupo alrededor de la mesa del comedor, y Antón prefirió presenciar la sesión desde la sala, recostado confortablemente con el grupo al frente.

Después de unas cuantas palabras iniciales, de una especie de saludo protocolario al mundo de los espíritus, Yolanda tomó la vocería y preguntó por su sobrino, por Martín. Dijo que si había alguien que pudiera iluminarlos acerca de su paradero. No sucedió nada. La segunda vez que preguntó tampoco hubo ningún movimiento ni ninguna voz extraña en el grupo. Pero cuando iba a preguntar por tercera vez, de pronto una mujer menuda que trabajaba como cajera en un banco se dobló hacia atrás, los ojos se le quedaron en blanco y pareció entrar en un trance muy profundo. Yolanda se dirigió al espíritu que acababa de entrar dentro de la mujer:

—Gracias por visitarnos. ¿Quién eres?

Una voz grave, masculina, dijo desde la mujer que estaba en trance:

—Eso no importa. Vengo de lo inmaterial, de lo intangible, de lo que no se toca ni se ve.

—Gracias de nuevo por tu visita, por acudir al llamado. ¿Tienes alguna información sobre mi sobrino Martín? Estamos muy angustiados por él.

—Él está bien. Pasó a otra dimensión.

—¿Está muerto?

—¿Qué es la vida sin la muerte? Somos semilla y raíz, parto y defunción, lluvia que cae y vapor que se eleva hacia el cielo.

—Solo queremos saber si continúa en este mundo o si ya partió.

—Hay muchos mundos, muchos estados. Todos estamos en tránsito. Nada aparece de la nada y nada desaparece del todo.

—¿Está aún en su cuerpo?

—Está en otro estado de la materia.

—¿Lo volveremos a ver?

—No.

Y en ese justo momento la médium cayó del trance, respiró medio ahogada y pidió un vaso con agua. El grupo deshizo la sesión y Yolanda se fue a la cocina a traer agua para la mujer que había servido de conector con el mundo de los espíritus.

Antón se quedó muy preocupado por lo que acababa de escuchar. No sabía si había sido verdad o si se trataba de un *show* de feria bien montado.

3

Al viernes siguiente, una semana exacta después de la sesión de espiritismo, Yolanda, la señora que había servido de médium y Antón se encontraron de nuevo en la casa de este último. Yolanda le dijo a la mujer después de servirle un té con sabor a canela:

—Gracias por aceptar esta invitación, Inés. La verdad es que nos quedamos muy preocupados con la sesión pasada. El espíritu nos dejó más interrogantes que respuestas.

—Sí, entiendo —dijo la mujer con sencillez.

—Si mi hijo está muerto me gustaría saber qué pasó —dijo Antón mirando a la médium con cierto nerviosismo.

—Claro, por supuesto —respondió Inés en el mismo tono reposado y tranquilo.

—Nos gustaría entonces que intentáramos una sesión privada —continuó diciendo Yolanda— para ver si podemos averiguar algo más. Yo le conté a Antón que en dos ocasiones tú has logrado conectar con entidades maestras.

—No siempre se logra, es muy difícil —dijo Inés dejando la taza de té en la mesa.

—Pero podemos intentarlo —dijo Yolanda sin perder el aplomo—. Es una causa que vale la pena.

Inés tomó aire, esbozó una sonrisa que terminó en una mueca grotesca y dijo con seguridad:

—Hay que dejar los celulares aparte, no responder llamadas de teléfonos fijos ni el timbre de la casa.

Antón y Yolanda pusieron sus teléfonos en silencio y los dejaron en un estudio cercano. Luego Inés volvió a recomendar:

—También hay que pedirle el favor a la empleada de que no nos interrumpa.

Antón se dirigió a la cocina y le pidió a Clementina que por favor se quedara en silencio en su habitación. Luego regresó a la sala y se preparó para presenciar la nueva sesión con la médium. Inés le habló a Antón mirándolo a los ojos:

—Le agradecería mucho que me trajera ropa de su hijo, prendas que usara habitualmente, una camiseta, una pijama, algo así. Y algún objeto que fuera importante para él.

Antón fue hasta el cuarto de Martín y trajo su pijama, dos camisetas del grupo Epica, que era su preferido, y una fotografía de Valentina y su hijo, ambos sonrientes y abrazados. La médium dio las gracias y entonces se concentró cerrando los ojos y tocando los objetos con cierta delicadeza. También olió las camisetas y la pijama. Fueron unos minutos de silencio absoluto en la casa. Era un ritual que Antón apenas entendía. Inés dijo con la voz entrecortada:

—Busco a Martín en un caleidoscopio de planos cuánticos. Si su espíritu se ha desprendido de su cuerpo, también es posible que vislumbremos dónde está la materia que lo unió a este mundo, el envoltorio que somos, la sustancia que debemos regresar a la tierra.

La médium continuó con su viaje en busca del joven, cuando, de un momento a otro, empezó a respirar con dificultad, casi no podía inhalar, como si tuviera la tráquea cerrada, y una voz gangosa, líquida, como si fuera la de un ser baboso e inmundo, dijo:

—*Ustedes no tienen permitido entrar aquí.*

Antón se asustó y por instinto se retiró un poco de la médium. Yolanda asumió la vocería:

—¿Quién eres? ¿Cómo te llamas?

—Somos los guardianes de las sombras. Ustedes no están autorizados a cruzar.

—Es por una buena causa. Por favor.

—Están violando la ley.

—Por favor. Se los rogamos. Déjenla pasar.

—Ahora deben pagar por esto.

—Solo queremos hacer el bien.

—Ahora su amiga es nuestra.

Y entonces Inés empezó con su propia voz a dar alaridos, a gemir, a suplicar:

—¡No me lleven! ¡Por favor! ¡Noooooo!

Antón sintió de pronto que el estómago se le aflojaba y dijo con auténtico terror:

—¿Qué está pasando?

—Son los espíritus que protegen el umbral del más allá —respondió Yolanda muy agitada—. Los que aún estamos vivos no podemos ingresar todavía.

Luego Inés empezó a convulsionar y Yolanda fue por el celular y marcó pidiendo una ambulancia. Clementina apareció en la sala y dijo aterrorizada:

—Estas son cosas del demonio. Esto les pasa por andar haciendo brujería.

Mientras tanto, Inés no dejaba de convulsionar, como si de repente hubiera tenido un ataque de epilepsia. Unos minutos después, llegó la ambulancia, la subieron en una camilla y la llevaron a la clínica más cercana.

Dos horas más tarde, un médico salió de la sala de cuidados intensivos y les dijo a Yolanda y a Antón, que estaban esperando muy preocupados el informe sobre el estado de salud de Inés:

—Sufrió un fuerte *shock* nervioso. No sabemos aún cómo evolucione. Debe quedarse ingresada.

Antón no sabía qué pensar. Por momentos, Yolanda y sus amigos espíritas le daban la impresión de unos loquitos jugando a hacerse los interesantes. Pero a veces, en silencio, como si se tratase de una revelación, los veía como si fueran aventureros de verdad en busca de nuevos universos que para el resto de los mortales eran invisibles.

Dos días después, los médicos avisaron que Inés ya se encontraba lúcida y con los signos vitales estables, pero había un detalle inquietante: estaba muda, no podía hablar.

CAPÍTULO XIV

Planos cuánticos

1

Las semanas fueron pasando y Antón no terminaba de acostumbrarse a esa sensación de vacío existencial que le había dejado la desaparición de Martín. En el cuarto mes decidió una noche beberse un *whisky* para ver si podía dormir sin la ayuda de las pastillas. Se dijo que seguramente el trago lo relajaría y le ayudaría a parar esa máquina cerebral que no dejaba de proyectarle imágenes: Martín despidiéndose para ir a la universidad, Martín y Karla dichosos y felices preparando taquitos mexicanos en la cocina, Martín y Valentina abrazados y sonriendo ante la cámara en un día de campo... Toda la noche eran esas imágenes que no paraban las que le impedían relajarse y entrar en el sueño de manera natural. De alguna manera, dormir es como morirse, como abandonarse al no-ser, como partir en un largo viaje hacia lo desconocido. Su cerebro no le permitía esa licencia y lo mantenía permanentemente atormentado recordándole la ausencia de los seres que amaba con locura.

El primer trago llamó al segundo y ese a un tercero. A medianoche, Antón estaba completamente borracho y se quedó dormido en el sofá de la casa. Ahí lo descubrió a la mañana siguiente Clementina, que lo despertó con cierto tono de recriminación en la voz:

—Hay que mantener la decencia, señor Antón. Por favor. Le recomiendo que lea el Libro de Job.

Antón se despertó con un fuerte dolor de cabeza y subió a su baño a ducharse mientras Clementina le preparaba un café bien oscuro.

El problema es que el alcohol llegó en el peor momento y de allí en adelante fue una cadena ininterrumpida de botellas que iban quedando vacías una detrás de la otra. Primero bebió dentro de los muros de su casa, en secreto, con Clementina como única testigo de su caída. Pero después decidió salir a los bares y los antros nocturnos donde sentía que estaba la gente como él, los perdidos, los sin esperanza alguna, a los que la reputación ya no les importaba en absoluto. La muerte de Valentina y la de Martín lo habían cambiado de categoría: antes pertenecía a la clase media pudiente, a los profesionales que iban escalando muy orgullosos de sí mismos mientras la vida no hacía sino sonreírles. Ya no. Ahora era un fracasado total, un don nadie, un extraviado que no tenía objetivos ni ruta, un desquiciado que anhelaba la muerte de día y de noche.

En una ocasión, en una de esas salidas por bares y clubes de bajo perfil, se subió a una pista de baile y empezó a hablar a los gritos, como si se tratara de un político energúmeno dirigiéndose a sus seguidores:

—Ustedes van por la vida tan tranquilos, como si nada, convencidos de que no hay peligro. Y no. Están ciegos. Son como animales ingenuos que se dirigen sin saberlo hacia una trampa. ¡La desgracia los está esperando, los está cazando! ¡Van hacia el dolor, hacia la pena, hacia la desdicha! ¡Despierten!

Un gorila de dos metros se acercó a Antón y le dijo de la mejor manera:

—Señor, por favor, siéntese ya.

Antón continuó con su arenga:

—Van hacia la enfermedad y la muerte. La gente que aman morirá, sus amigos morirán, sus padres morirán, ustedes morirán. Yo también estuve durante años dormido, sin darme cuenta de nada, y por eso quiero advertirles: van hacia el precipicio. ¡Abran los ojos!

—Señor, por favor, la gente se está poniendo nerviosa. Regrese a su mesa.

Antón no obedeció las órdenes y entonces el encargado de seguridad, junto a uno de los meseros, lo bajaron a las malas y lo arrastraron hasta la calle. En la puerta lo empujaron con fuerza y Antón rodó por el suelo y quedó tendido en el andén.

—Ustedes también enfermarán y morirán —dijo esbozando una sonrisa torpe—. Y en ese momento se acordarán de mí.

A partir de entonces Antón se dejó de afeitar, se empezó a vestir con descuido y se veía siempre desaliñado y sucio. No se lavaba los dientes con regularidad y a veces pasaba tres y cuatro días sin bañarse. Daba la impresión de ser un individuo que no tenía dónde dormir ni qué comer. Ese aspecto de indigente se agravó aún más porque dejó de cortarse el cabello y de peinarse. Clementina no sabía cómo lidiar con él, cómo sugerirle que se bañara y que se lavara la boca.

Una tarde, mientras deambulaba por la calle completamente ebrio, un policía lo requirió para exigirle los documentos de identidad. Antón mostró sus papeles y el agente lo miró con cierta sorpresa.

—¿Usted es el padre de uno de los jóvenes desaparecidos? —preguntó con cierta perplejidad.

—Todos vamos hacia el mismo punto, señor agente —dijo Antón con la voz gangosa—. La desgracia es nuestro verdadero objetivo.

El agente le regresó los documentos y le dijo en un tono paternal:

—Empinando la botella no va a encontrar a su hijo, señor Echeverry. Váyase a su casa y procure descansar. Si quiere le llamo un acompañante.

—Yo puedo solo. Muchas gracias.

Y siguió caminando como si fuera un autómata al que le está fallando el mecanismo interno.

Lo peor era la sensación de que la realidad había desaparecido, Dios había cambiado las coordenadas. Antes la vida existía, la gente existía, el futuro existía. Ya no. Todo se había vaciado, todo había perdido peso y sustancia. Tenía la impresión de haber atravesado un umbral y ahora se encontraba en el revés del mundo, en el negativo, en el costado más oscuro y sombrío. Y entonces se le ocurrió que se había caído en el infierno. No era una metáfora, era algo real, fácil de comprobar. Dios lo había castigado.

Antes podía sentir la alegría del sol, de las plantas, de los perros corriendo en los parques. Sus amigos, Valentina, Martín, Clementina y él mismo eran seres reales, con ilusiones, alegrías y desdichas. Cuando Martín se había accidentado, una parte de esa maravilla que era la realidad se resquebrajó, era cierto, pero aún funcionaba. Era posible continuar y recobrarse. Incluso cuando murió Valentina, aunque el golpe fue duro y estuvo a punto de caerse en el abismo, logró sostenerse en el último minuto y su cariño por Martín lo sostuvo en pie. Pero ahora era diferente: no existía nada, la materia y la energía se confabularon para aniquilarlo, para ingeniarse ese sofisticado método de tortura que era arrojarlo a unas tinieblas espesas donde todo afecto había desaparecido por completo.

El infierno era la ausencia de amor, se dijo muchas veces en las largas noches de insomnio. El cariño de Valentina y de Martín lo había rescatado del horror de sí mismo. Ahora veía todo con claridad. Sin ellos el mundo era un largo desierto donde solo existían lagartos, insectos y polvo. ¿Qué sentido tenía vivir de ese modo? ¿No era más decente terminar de una buena vez y dejar de dar semejante espectáculo? Tal vez volver a intentar una sobredosis de somníferos era la respuesta a tanto dolor, a tanta pena. Se sentía a veces ahogado, como si no pudiera respirar. Por eso sabía que el infierno no era un juego, una amenaza para amedrentar a los creyentes. No. Era un estado del alma, una manera real de experimentar la destrucción. Y a él lo habían mandado a ese tétrico lugar.

Fue por esos días que tuvo la sensación de extrañamiento, de estar atrapado en el cuerpo y en la identidad de un sujeto raro que no era él mismo. ¿Quién diablos era Antón Echeverry? ¿Qué hacía él metido en el cuerpo de ese fulano? ¿Por qué le había tocado casarse con esa mujer y tener un hijo? ¿Era cierto que era un gran defensor de los derechos humanos? Y entonces volvió a fantasear con la idea de la sobredosis: esa era la salida, sin duda.

2

Un sábado en las horas de la mañana la dueña de la casa del Neusa que los jóvenes habían alquilado llamó a Antón y le dijo:

—Me gustaría hablar con usted, señor Echeverry.

Ese día Antón se cortó la barba y el cabello, se bañó y procuró vestirse un poco mejor. No quería dar una impresión tan desastrosa de sí mismo. La mujer llegó a las dos en punto de la tarde. Clementina estaba en su día libre y madrugaba para ir a reunirse con el grupo evangélico al cual pertenecía y en el que ocupaba un cargo relativamente importante debido a su antigüedad y a su estricto cumplimiento de las normas bíblicas. Antón le ofreció a la dueña de la casa del Neusa un café y se sentaron juntos en la sala a conversar. Mientras cada uno tomaba de su taza con gusto, ella empezó a hablar en un tono confidencial que la obligó a acariciar las palabras de un modo especial:

—Voy a ir al grano, señor Echeverry. Mi nombre de soltera es Beatriz Fonseca Font. Pertenezco a una familia de inmigrantes españoles que huyeron durante la Guerra Civil. Gente de trabajo, seria, muy disciplinada. Hicieron un gran capital en este país y por eso ocuparon un puesto de prestigio desde siempre. Tuve una hermana: Virginia. Me llevaba tres años exactos. Era inteligente hasta la genialidad, no se imagina usted. Un verdadero prodigio.

—No sé por qué me cuenta usted su historia familiar —dijo Antón intentando no ser grosero.

—Ya verá usted… Mi hermana iba a estudiar Física en la Universidad Nacional. Ya había pasado el examen de sobra. En la entrevista los profesores quedaron muy impresionados. Era la única mujer de su promoción que tenía un puntaje tan alto. Ese año la gran mayoría de estudiantes hombres estaba por debajo de ella. Tenía diecisiete años exactamente. Yo, catorce.

La mujer tomó de su taza de café. Antón prefirió no interrumpirla. Ella continuó:

—Por esos años mi familia estaba construyendo ya la casa junto al embalse. Mi padre soñaba con retirarse de sus negocios y con irse a vivir allá. En unas vacaciones fuimos a acampar en nuestro predio mientras mi padre supervisaba la obra. Caminábamos por los alrededores, remábamos, cocinábamos encendiendo nuestras propias fogatas. Era muy divertido.

—Sigo sin entender —dijo Antón poniéndose ya serio.

—Y aquí llego al meollo de esta visita, señor Echeverry: una mañana mi hermana y yo nos fuimos a caminar por el bosque. El pretexto era recoger algunos troncos pequeños para encender fuego y preparar el desayuno. Usted se habrá dado cuenta de que todo el embalse está rodeado de bosques de pinos. Por esos años los campistas eran personas responsables y estaba permitido cocinar al aire libre.

Beatriz tomó el último sorbo de café y dejó la taza vacía sobre la mesita de la sala. Su voz se acentuó cuando dijo:

—Esa mañana mi hermana desapareció para siempre. Nunca más volvimos a verla. El último recuerdo que tengo de ella es caminando por entre los pinos y recogiendo chamizos y palitos no muy gruesos que metíamos en unas bolsas de fique. De un momento a otro miré hacia los lados y ella ya no estaba. La llamé, le silbé, grité su nombre, y nada, había desaparecido.

—¿Pero la encontraron luego?

—Las autoridades peinaron el lugar durante días sin encontrar un solo rastro de ella. Utilizaron perros especiales, se sumaron los bomberos y la defensa civil: todo fue en vano. Era como si se la hubiera tragado la tierra.

—¿Me está diciendo que ya hay antecedentes de desapariciones en esa zona?

—Solo el de mi hermana. Ni antes ni después hay un ejemplo similar. Hasta que sucedió lo de su hijo y sus amigos.

—No puede ser. Eso significa que alguien de las casas vecinas puede ser un psicópata, un secuestrador camuflado.

—Cada casa fue revisada en su momento con minucia. No se le olvide que mi padre era un hombre prestante y con muchos contactos en el poder. No hubo una sola cabaña, casa de campo o rancho campesino de la zona que no fuera allanada por la policía.

—¿No hubo ningún sospechoso? ¿Los obreros que estaban construyendo la casa no pudieron haberla violado y luego arrojar su cuerpo a la laguna? Era una chica joven, una tentación para cualquiera de ellos.

—Eran cuatro trabajadores y un ayudante. Todos estaban en la obra en ese momento. Mi padre estaba con ellos.

—No puede ser —dijo Antón cogiéndose la cabeza con ambas manos.

—Mi hermana hablaba mucho de campos energéticos, de zonas interdimensionales que conducían a espacios alternos.

—No sé qué me quiere decir.

—Ella era una gran admiradora de la teoría de la relatividad de Einstein. El tiempo y el espacio no son absolutos, señor Echeverry, son variables. ¿Nunca leyó el relato *Rip Van Winkle*, de Washington Irving?

—¿El del hombre que se duerme en las montañas y se despierta veinte años después?

—El mismo. El tiempo es aleatorio y el espacio puede mutar, abrirse a otras dinámicas. Nada está estático, aunque tengamos esa sensación la mayoría de las veces.

—¿Me está usted diciendo que los muchachos fueron arrojados a otra dimensión?

—Llevo cuarenta años pintando ese lago. ¿Sabe por qué? Porque desde la desaparición de mi hermana me di cuenta de que es un lugar en el que confluyen muchas fuerzas energéticas extrañas. Un espacio no es solo un espacio, sino la suma de planos cuánticos que se esconden detrás de él.

—No entiendo nada…

—Los campesinos del sector hablan de luces nocturnas sobre las aguas, de presencias fantasmales y de niños que han sido abducidos por seres de otros mundos.

—¿Ahora me está hablando de ovnis? ¿De verdad usted cree que mi hijo fue raptado por alienígenas?

—Yo no estoy afirmando nada, señor Echeverry. Le estoy contando mi historia y ciertos relatos que cuentan los lugareños.

—Pues yo le agradezco mucho que se haya tomado el trabajo de venir hasta mi casa, pero esto no me sirve de nada ni me consuela.

—Tal vez, pero me gustaría decirle algo más antes de despedirme: nunca sentí que mi hermana se hubiera muerto. Nunca. Éramos muy unidas. Teníamos una especie de conexión telepática. Siempre sabíamos qué le estaba sucediendo a la otra. Y nunca sentí su muerte.

—Tal vez se fugó para llevar otra vida.

—Tal vez, señor Echeverry. Y quizás esa otra vida es en una realidad alterna que ni usted ni yo entendemos. Gracias por recibirme y lamento mucho lo que les sucedió a los muchachos.

La mujer se levantó con cierta discreción parsimoniosa, le estrechó la mano a Antón y salió a la calle a buscar su auto, que estaba parqueado a pocos metros del garaje de la casa. Antón alcanzó a decir cuando ya ella se encontraba a varios metros de distancia:

—Lo que me faltaba: esta loca desquiciada.

El lunes siguiente, Antón se entrevistó con la policía y les contó la extraña historia de la hermana de Beatriz Fonseca Font. Quería que revisaran la casa del Neusa y a la propia mujer. Algo no andaba bien con ella.

Tres días después, los detectives le indicaron que la historia era auténtica y que no había nada sospechoso en la artista: la casa no tenía sótanos ni cuartos secretos, la mujer se encontraba en un coctel en una galería la noche de la desaparición de los cuatro jóvenes, y además era una líder comunitaria muy respetada por los residentes que vivían cerca del embalse, tanto por los adinerados como por los campesinos que habían heredado esas tierras de sus padres y de sus abuelos. Era una mujer intachable, estaba muy lejos de ser una sospechosa.

De nuevo la posibilidad de una pista se desvanecía en el aire.

CAPÍTULO XV

El Rapto

1

Una mañana, la secretaria de la ONG donde laboraba Antón le dijo que el director lo estaba esperando. Antón entró enseguida y el director, un hombre joven y afable, lo invitó a sentarse. Antón obedeció sin decir nada. Luego el jefe le dijo en un tono amigable:

—Quiero que sepas que esta decisión no la tomé yo. Viene directamente de Washington. Tú sabes que ellos son muy estrictos con el presupuesto que nos encargan.

—Yo no tengo problemas de presupuesto —dijo Antón poniéndose a la defensiva.

—Todos tus proyectos están retrasados, a medias o sencillamente nunca despegaron. Para todos es muy claro que has pasado por unas pruebas muy difíciles. Y hemos procurado cubrirte y apoyarte, lo sabes bien. Todos te hemos colaborado de la mejor manera. Pero no podemos tapar el sol con las manos: las noticias de tu alcoholismo, de tu impuntualidad y de tus largas ausencias ya llegaron a Washington. Ellos son muy estrictos. Los conoces bien.

—¿Me despidieron? —preguntó Antón inclinando la cabeza.

—Lo siento mucho —dijo el director asintiendo—. Si necesitas una carta de recomendación, yo te la doy a título personal.

—Gracias —dijo Antón poniéndose de pie.

—No olvides pasar por tu liquidación. Espero que eso te cubra por varios meses.

Antón salió, recogió sus escasas pertenencias en un morral y salió de la oficina sintiendo una especie de alivio. La verdad es que llevaba varios meses mintiendo, convertido en un impostor que se hacía pasar por un sujeto responsable, cuando la realidad era que todos los proyectos que lideraba le importaban un comino. No se despidió de nadie y salió del lugar sin mirar hacia atrás. A la mierda esa vida de profesional juicioso, pensó mientras se dirigía al parqueadero. Él ya no era ese hombre. Lo suyo era el infierno, la oscuridad, las tinieblas que oprimen la respiración y no dan un segundo de tregua. Había llegado la hora de asumir su condición de condenado irredento.

Y como si se hubieran puesto de acuerdo todos al mismo tiempo, cuando llegó a su casa se encontró con unas maletas arrumadas cerca de la puerta de entrada.

—¿Qué diablos es esto? —le preguntó a Clementina, que parecía estar doblando unas faldas de colores oscuros.

—Renuncio, señor —le dijo ella con determinación—. No puedo más.

—¿Te vas?

—Debí haberlo hecho hace rato, señor. Lo siento mucho.

Antón no supo qué decir en un principio, pero luego se dijo que era una decisión más que razonable. Preguntó sintiéndose culpable:

—¿Es por mi alcoholismo?

—Debí haberme ido apenas se murió doña Valentina, que en paz descanse. Usted me perdonará, pero desde entonces el demonio ronda esta casa.

Antón agachó la cabeza. La pobre mujer tenía la razón, pensó recordando todas esas noches de infierno, borracho, deambulando por la ciudad sin saber dónde se encontraba y llegando a la casa a la madrugada. Dijo tragando saliva:

—¿Y no me puedes dar un tiempo mientras te consigo un reemplazo?

—¿Quiere un consejo, señor? Con todo el respeto que le tengo, por supuesto: váyase de este lugar y busque ayuda espiritual.

—¿Qué me quieres decir?

—En unas circunstancias tan difíciles como estas por las cuales usted está atravesando, solo Dios puede rescatarlo. Búsquelo, pídale perdón por todos sus pecados, refúgiese en Él.

—¿Y para dónde te vas? ¿Tienes ya trabajo?

—Estaré con mi hija y con mis nietos unas semanas. Después veré si busco empleo.

—Tenemos que hacer un balance de cuánto te debo. Tengo que liquidarte en regla.

—Usted tiene el número de mi cuenta. En ese sentido, confío en usted completamente.

—¿No puedo hacer nada para retenerte?

—Lo siento, señor. Iba a hablar con usted esta mañana, pero no me dio tiempo. Le dejé las llaves en la mesa de mi habitación. Muchas gracias por todos estos años.

Antón sintió un nudo en la garganta y alcanzó a preguntar:

—¿Quieres que te lleve a alguna parte?

—No se preocupe, señor. Uno de los pastores de mi congregación está ya afuera esperándome.

Clementina salió con sus maletas y un hombre de mediana edad, canoso y vestido con un traje negro, la ayudó a meterlas en el baúl de un viejo Zastava medio destartalado. Antón sintió que los ojos se le llenaban de lágrimas. De alguna manera, se acababa de ir la única persona que lo mantenía unido al recuerdo vivo de Martín y de Valentina.

2

Después de la partida de Clementina, Antón llamó a una agencia y contrató los servicios de una empleada doméstica por días. No quería a nadie viviendo con él en la casa. Los fines de semana se las arreglaría comiendo por fuera o preparándose él mismo sándwiches o alguna pasta que no requería mucho tiempo. Revisó las cuentas de los años de trabajo de Clementina y le consignó una suma generosa en su cuenta bancaria. Ella le dio las gracias en un mensaje de WhatsApp y volvió a recordarle que leyera la Biblia, que buscara la protección de Dios.

Por esos días, Antón recibió la llamada de una mujer que pidió hablar con él personalmente. Le dijo con cierta solemnidad:

—Es muy importante que hable con usted. Por favor.

Antón le dio una cita para esa misma tarde, a las seis en punto. La mujer le dio las gracias y prometió llegar a tiempo. En efecto, dos minutos antes para que el minutero marcara las seis de la tarde, llegó una mujer de unos cincuenta años de edad, bajita, vestida de negro y con el pelo recogido en una moña que se ajustaba con ganchos a los lados. Daba la impresión de una empresaria de pompas fúnebres por el luto estricto que incluía unos zapatos de cuero negros y un bolso azabache que daba la impresión de ser una imitación barata. La mujer se sentó en la sala y Antón le dijo a bocajarro, sin introducciones ni palabras amables:

—Le ruego que no me haga perder mi tiempo. Mi hijo desapareció hace poco y no estoy para tonterías.

—Lamento mucho lo de su hijo, señor Echeverry. Mi hermana vive muy cerca del embalse.

—¿Usted es de la zona?

—Me crie en una pequeña vereda de Cogua, sí señor. Ahora vivo en Zipaquirá, pero mi hermano y mis sobrinos siguen viviendo allá. Soy Edith Álape, para servirle.

—¿Y sabe algo del paradero de mi hijo?

—Sé que la señora Beatriz vino a hablar con usted.

—Me contó lo que le sucedió a su hermana.

—Lo recuerdo perfectamente. Yo estaba más pequeña, pero la desaparición de la señorita Virginia nos afectó a todos en el pueblo.

—¿Nunca se supo qué le ocurrió?

—No, señor. Pero ese embalse está maldito.

—¿Ha habido otras desapariciones?

—Digamos que han pasado cosas extrañas que no tienen explicación. Por eso me fui de ese lugar. No quería que mis hijos crecieran allá.

—¿A qué se refiere con cosas extrañas?

—Mi hermano regresaba una noche del pueblo y de pronto sintió una fuerza muy intensa que emanaba del lago. Luego me contó que incluso se le había ocurrido arrojarse al agua.

—Bueno, pero eso no es tan raro.

—El problema, señor Echeverry, es que cuando llegó a la casa era la medianoche. Él había salido del pueblo a las siete. Ese trayecto dura máximo una hora. Yo lo hice infinidad de veces.

—¿Me está diciendo que en el recorrido de su hermano se desvanecieron cuatro horas?

—Peor aún, señor Echeverry: nosotros ya habíamos salido a buscarlo por todas partes y pasamos por el camino por el cual él venía. No lo vimos. Nunca nos tropezamos con él.

—Esto tiene una explicación lógica: seguramente él estuvo con alguna novia y no quería que ustedes supieran. Por eso mintió.

—Dos años después me sucedió a mí misma. Salí a caminar por la orilla del lago porque acababa de discutir con mi mamá. Eran las cinco de la tarde. Estuve cerca de cuarenta y cinco minutos deambulando por ahí. Lo sé porque vi el atardecer. Apenas el sol se ocultó, regresé a la casa. Había un alboroto tremendo y mi madre lloraba y se culpaba por lo que me hubiera podido pasar. Resulta que eran las nueve de la noche y todos estaban buscándome por los alrededores.

—Se le habrá pasado el tiempo y no se dio cuenta.

—No, señor, recuerdo perfectamente que, según mi reloj, eran las seis de la tarde. En los relojes de mis padres y de mi hermano eran las nueve de la noche. Tres horas de mi vida se esfumaron esa noche.

—¿Usted es amiga de Beatriz Fonseca?

—No, señor. La distingo, pero ella es una señora de un estrato social muy superior al mío.

—Parece como si se hubieran puesto de acuerdo.

—Solo quería que supiera mi experiencia y la de mi hermano. Al día siguiente de lo sucedido, mi reloj continuaba tres horas atrasado. Tuve que ajustarlo, aunque no sabía qué había pasado con esas tres horas que nunca viví.

—Le agradezco que se haya tomado el trabajo de venir hasta aquí, pero su historia no me ayuda a encontrar a mi hijo.

—Por eso me fui de ese lugar, porque sabía que tarde o temprano la historia de la señorita Virginia se iba a repetir y no quería que mis hijos corrieran ese peligro.

—Le agradezco mucho su testimonio.

—Lamento mucho su pena. Gracias por recibirme.

Y la señora Edith, con prudencia y cierta dignidad que mantenía al caminar muy erguida, se dirigió a la puerta y salió sin decir una palabra más.

Esa misma semana, cerca de la medianoche, Antón recibió una llamada de un hombre de avanzada edad que le dijo:

—Su hijo es uno más entre tantos.

—¿De qué me habla?

—El Rapto, señor, está en la Biblia. Dios se está empezando a llevar a sus fieles más queridos para que no tengan que sufrir el horror de lo que se avecina.

Antón se acababa de beber un par de tragos y se sentía inmensamente solo, abandonado en medio de un mundo al que sentía lejano y distante. Por eso no colgó y siguió escuchando al hombre, que le dijo enseguida:

—El fin del mundo es inminente. Fíjese usted: la pandemia que acabamos de vivir, la guerra de Ucrania, el cambio climático. No puede ser más claro. El Apocalipsis es aquí y ahora.

—¿Y Dios se está llevando a los mejores? —dijo Antón con la voz temblorosa.

—Así es. Tengo reportes de personas en Canadá, en España, en Chile. Por todo el planeta hay gente desapareciendo. Es El Rapto, lo he leído muchas veces. Estoy seguro.

—Eso significa que usted y yo somos del montón.

—Quizás, pero su hijo no. Él fue elegido entre millones y lo sacaron de este planeta para que no tenga que sufrir lo que se avecina.

—Me gustaría que me llevaran a mí también.

—Solo Dios tiene esa potestad. Pero si usted me da un correo electrónico yo puedo enviarle todo el material que he recopilado. Llevo años en esa labor. Se va a sorprender.

Antón murmuró un correo falso. El hombre estaba anotando en una hoja porque se escuchaba el roce del esfero o del lápiz contra el papel. Luego el desconocido aseguró:

—No perdamos la esperanza, amigo mío. Quizás los próximos seamos nosotros.

—Ojalá —dijo Antón sintiendo de repente un cansancio que lo hundía en el vacío—. Nada me gustaría más que irme para siempre.

—Dios se apiadará y nos llevará. Confíe y verá. Buenas noches.

—Buenas noches.

3

Una mañana, con una resaca que le hacía sentir la cabeza a punto de estallar, Antón vio en un periódico la fotografía del senador Betancourt con su nueva novia, una mujer mucho más joven que él. Se veían radiantes, sonriendo ante la cámara, y la nota social decía que ella era una ingeniera civil muy prestante de la ciudad de Pereira. Antón la detalló en la pantalla de su celular: alta, voluptuosa, con unos ojos enormes muy brillantes y una sonrisa perfecta. Del senador emanaba un aire de plenitud difícil de igualar.

Antón sintió rabia y, después de observar la foto una y otra vez, decidió llamarlo. Para su sorpresa, el senador le respondió al primer timbrazo:

—Señor Echeverry, me alegra saludarlo.

—Acabo de ver su foto en el periódico. Parece usted un hombre muy feliz.

—No me vaya a decir que llamó para sermonearme.

—¿No recuerda a su hijo ni una sola vez? ¿No le hace falta?

—Voy a decirle la verdad porque usted se la merece: no, no me hace falta. No me gustan las personas con psicología de víctimas. Se la pasan culpando a todo el mundo de su propia desgracia y casi nunca tienen el coraje de aceptar que son ellos el problema.

—¿Cómo se le ocurre calumniar de ese modo a Matías?

—Le dije que le iba a decir la verdad y eso haré. ¿Sabe quién me caía bien? Su hijo, Martín. Buen estudiante, simpático, competitivo, valiente. Esa pérdida sí me duele.

—Matías era un joven maravilloso.

—No, Echeverry, era vago, perezoso y débil. Por eso le gustó tanto: porque se parecía a usted.

—¿Qué me está diciendo?

—Lo que oye: ya me enteré de que lo echaron del trabajo y que se la pasa bebiendo como un beodo. Un espectáculo lamentable.

—No tiene derecho a insultar mi dolor.

—Haga lo que le dé la gana, pero ahórrese los sermones. Y hágame un favor: no me vuelva a llamar, a menos que tenga alguna pista sólida. Adiós.

Y el senador colgó sin darle tiempo a responder nada más. Antón arrojó el celular contra la pared y, por primera vez, se hizo una pregunta que no había contemplado: ¿estaba el senador implicado en la desaparición de los muchachos? ¿Su hijo Matías era un inconveniente para su carrera política, un obstáculo, una mancha que opacaba la imagen de hombre fuerte, audaz y feliz que quería transmitirles a sus votantes?

Después de unos minutos de reflexionar se dijo que estaba pensando con resentimiento. Le dolía el coraje de Betancourt, la fuerza que había demostrado no solo al reparar su vida, sino al mejorarla notablemente al lado de esa mujer joven que muy seguramente le daría unos hijos sanos y fuertes. Antón se sentía incapaz de lograr una empresa semejante. El senador tenía la razón: él había sido aplastado por las circunstancias, vencido, derrotado por completo. No había nada que hacer. Era un perdedor, tenía que admitirlo.

4

Cuando Antón se despertó, no recordaba nada de lo sucedido. Intentó reconocer la habitación, la mesa de noche, la cama con ese colchón duro que le hacía doler la columna a la altura lumbar, pero la verdad era que no tenía ni idea de dónde se encontraba. Una enfermera entró y lo saludó amablemente:

—Se despertó, señor Echeverry, enhorabuena.

—¿Dónde estoy?

—En un hospital.

—¿Qué estoy haciendo aquí?

—¿No lo recuerda?

—¿Qué pasó?

—Se volvió a tomar una sobredosis de somníferos —le respondió la mujer mientras revisaba los signos vitales en unas pantallas.

—¿Quién me trajo aquí?

—Usted alcanzó a llamar a Emergencias antes de desmayarse.

—No recuerdo nada.

—En unos minutos pasará el doctor Aristizábal, el psiquiatra, a revisarlo.

La mujer salió de afán y Antón se quedó muy confundido. ¿Qué había pasado? ¿Cómo era posible que no recordara absolutamente nada? Por instantes volvió a tener esa rara impresión de estar metido en el cuerpo de otro, en la vida de un hombre desconocido. Era aterrador.

Dos días más tarde, después de largas deliberaciones con el doctor Aristizábal, Antón decidió trasladarse a una clínica de reposo en las afueras de la ciudad.

—Si regresa a su casa la depresión lo hará recaer seguramente en otra tentativa de suicidio —le dijo el médico con cierta camaradería.

—¿Y puedo seguir en tratamiento con usted?

—Yo visito la clínica los martes y los jueves en las horas de la tarde. Por supuesto.

—Tengo miedo de mí mismo.

—No se preocupe. Ha pasado por una experiencia macabra y es apenas normal que se sienta así.

—Quisiera volver a ser yo.

—Es un trabajo lento. Lo primero es aceptar la fragilidad. No somos superhumanos y no tenemos por qué avergonzarnos de nuestra vulnerabilidad ni ocultarla.

—¿Por qué hay otros que superan las mismas pruebas tan rápido? —preguntó Antón pensando en el senador.

—Influyen mil factores: la familia, la niñez que hemos tenido, las relaciones que hemos establecido con los otros.

—Me gustaría ser más fuerte.

—En esta vida no estamos para compararnos con nadie. Son carriles en solitario. Cada quien va cumpliendo con su aprendizaje.

—Le agradezco mucho que sigamos en terapia juntos —dijo Antón con auténtica gratitud.

El doctor le estrechó la mano y le sonrió haciéndole un guiño de complicidad.

La clínica era una antigua casa de campo con grandes jardines y una vida apacible donde era posible hacer yoga, practicar meditación todas las mañanas y salir a caminar por los caminos sin pavimentar. La comida la preparaban con ingredientes frescos y los terapeutas eran cordiales y gentiles. No había ese ambiente de opresión que caracterizaba a otras instituciones similares. Antón pidió incluso una autorización especial para que le permitieran consultar alguna información en internet y se la concedieron sin problema. Quería revisar la investigación de la policía para ver si se le había pasado algún detalle, alguna posible pista que hubiera permanecido ahí desde el principio y que nadie hubiera visto.

Apenas dibujó la línea de tiempo, los horarios, los lugares, las personas cercanas a los cuatro jóvenes, se dio cuenta de que la única a la que no interrogaron había sido a Clementina. Pero era absurdo pensar que la vieja empleada que tanto quería a Martín fuera una psicópata que los hubiera eliminado a todos. O que perteneciera a alguna secta de fanáticos que consideraran a los muchachos unos pecadores que cayeron en las garras del demonio. Imposible, era un disparate. La verdad era que la policía rastreó todas las líneas de investigación posibles. También debía reconocer que el senador era un hombre hábil que había movido sus influencias oportunamente. Antón recordó que Betancourt incluso contrató a un par de detectives privados que durante semanas y meses se dedicaron a vigilar a las familias de las dos jóvenes, Karla y Katherine. Y nada, no había indicios de un secuestro, de una banda, de algún cómplice que estuviera implicado en un ataque en contra de los muchachos. Era un callejón sin salida.

Decidió entonces no volver a salir de la clínica. Un amigo logró ayudarlo para que el seguro médico cubriera los gastos. Tenía miedo de regresar a la realidad, a ese mundo misterioso que le había arrebatado a su esposa y a su hijo. No se sentía capaz de enfrentar a las personas, de buscar un nuevo trabajo, de volver a empezar. Los objetos, las plantas, los animales, los seres humanos no le parecían confiables, y no porque fueran agresivos o violentos, sino porque no estaba seguro de que fueran reales. Tampoco el tiempo ni el espacio eran coordenadas seguras. Lo mejor era quedarse allí, en ese refugio que había encontrado lejos de la ciudad, y esperar la muerte con la esperanza de que no se demorara mucho.

EPÍLOGO

1

Cuando supe la historia de Antón, pregunté si era posible ir a visitarlo y hablar con él. Me dijeron que no había ningún inconveniente. La primera vez que nos vimos fue un domingo en las horas de la mañana. Me dio la impresión de un individuo acabado, de un anciano prematuro, de un muerto viviente. La palabra *zombie* cruzó por mi cabeza apenas nos saludamos. Fueron necesarias varias entrevistas para que él empezara a recapacitar y recobrara su capacidad de análisis. Me contó toda su experiencia en detalle. Era como conversar con el sobreviviente de una nave espacial que hubiera logrado regresar a este planeta después de vivir una aventura aterradora en otro mundo.

Más tarde, gracias a Yolanda, la hermana de su esposa Valentina, pude consultar el computador de Martín, en el que estaban sus ensayos y sus trabajos académicos. Le pagué a un *hacker* para que abriera los archivos secretos y de ese modo pude tener acceso al diario, que era un texto fluido y bien escrito. Era una bitácora en la que contaba con sumo detalle su relación con Karla y los momentos compartidos con Matías y Katherine. Un texto emocionante y conmovedor. Los huecos faltantes eran fáciles de rellenar. Enseguida me di cuenta de que tenía entre las manos no un largo reportaje, como lo creí inicialmente, sino una novela.

Gracias a un contacto en las dependencias de Delitos Cibernéticos de la Policía tuve acceso también a los mensajes de WhatsApp del grupo. Se trataba de ver si podíamos encontrar alguna pista que nos aclarara el enigma de una desaparición tan misteriosa.

El senador nunca respondió a la infinidad de mensajes que le dejé con su secretaria. Las familias de Karla y de Katherine me vieron con desconfianza, como si yo fuera a calumniar o a destrozar la memoria de sus hijas, y no quisieron otorgarme una entrevista y mucho menos que las grabara. Solo fueron breves conversaciones telefónicas en las cuales me respondían con evasivas y me colgaban con rapidez.

En las primeras versiones me atraía la historia del Cuarto Rosa, esa especie de intimidad cómplice entre un discapacitado y una joven arriesgada en busca de un futuro mejor. Luego, con la llegada de Katherine y su relación con Matías, el grupo escaló a la categoría de sociedad secreta. Los vi como una pandilla de iniciados que a través del amor incursionaban en la más alta sabiduría. La Iglesia de lo Desconocido, Los Cuatro Caballeros del Círculo Solar: toda una aventura esotérica de ingreso en realidades alternas.

Después de leer el diario de Martín no pude sustraerme a la tentación de que estaba, de nuevo, inmerso en una novela policíaca, y que la culpa de todo la tenía el senador Betancourt, el político corrupto aliado con los carteles de la droga que, seguramente, había mandado asesinar a su hijo para quitarse de encima al único testigo que podía implicarlo en un caso de corrupción. El problema es que nadie visitó la casa del Neusa, nadie vio un auto sospechoso, nadie escuchó disparos o forcejeos, nadie vio camionetas con vidrios polarizados. Las cámaras del pueblo tampoco registraron la llegada de fulanos con pinta de matones. Y la verdad era que para matar a Matías no había necesidad de llamar la atención desapareciendo a los otros tres muchachos. Absurdo. Bastaba con fingir un accidente automovilístico, un atraco, o incluso inyectarle cualquier sustancia psicoactiva y hacerlo pasar por una sobredosis. Esta hipótesis se caía por su propio peso, no tenía sentido.

Los *hippies* de la ecoaldea estaban descartados también porque se encontraban en la India, en un áshram haciendo un retiro y practicando *ashtanga* yoga con un maestro en las afueras de Benarés. No tenían ni idea de lo que había sucedido y se sorprendieron mucho cuando se enteraron de la desaparición de los muchachos.

Finalmente, después de hablar durante varias semanas con Antón, descubrí que se trataba de una novela de terror que debía adentrarse en el misterio absoluto. Tenemos una manía occidental a cerrar, a completar el dibujo, a dar explicaciones para poder entender. Pero ¿y si no sabemos qué fue lo que sucedió realmente? ¿Se puede escribir una novela sobre la incertidumbre? ¿Los lectores disfrutarán un libro sobre el vacío, sobre la nada, sobre lo inenarrable?

Cuando alguien pregunte: ¿y de qué va tu libro? ¿Cómo responde uno no sé, no tengo la menor idea, no estoy seguro? Pues bien, eso fue lo que más me gustó de empezar a trabajar en esta historia: que no había una línea argumental segura, que la trama se desvanecía en el aire y los personajes no cumplían arcos dramáticos: se esfumaban sin decir nada, sin grandes discursos. No morían como héroes, no se sacrificaban en defensa de grandes ideales ni eran las víctimas de una sociedad injusta o criminal. Nada de eso. Sencillamente estaban hablando y al renglón siguiente desaparecían.

Esta escena traída de los cabellos a la orilla de un lago es la prueba contundente de que la realidad es inverosímil. Creemos que habitamos en un universo seguro, estático, con reglas y normas que nos permiten vivir sin enloquecernos. Pero es un espejismo, no hay tal. Existimos en una espiral caleidoscópica que en cualquier momento nos puede arrastrar a zonas de indeterminación donde todo piso racional es difuso.

Recuerdo que, en una de las conversaciones, Antón me dijo con tristeza:

—La realidad ya no existe, pero nadie se ha dado cuenta.

Después de narrar la historia de estos cuatro chicos me pregunté si habría otro ejemplo similar, algo que yo le pudiera mostrar a los lectores para decirles: 'miren, esto no es tan raro como parece, también les ha sucedido a otros'. Y mi sorpresa fue mayúscula.

2

La primera historia que me llamó la atención fue la de Benjamin Bathurst, un diplomático inglés que desapareció en 1809 de un momento a otro. En las horas de la tarde había escrito varias cartas mientras esperaba caballos frescos para su carruaje. Hacia las nueve de la noche engancharon los animales, Bathurst estaba listo para partir, bajó al establo y en cuestión de segundos desapareció por completo. Nadie supo qué pasó con él. Fue algo súbito, una cuestión de segundos y ya el diplomático no estaba. Su familia lo buscó durante años, pero nunca dio con su paradero. Mil hipótesis surgieron entonces, pero lo cierto es que jamás lo encontraron.

En 1890, el artista e inventor Louis Le Prince, considerado por muchos un auténtico pionero del cine, tomó un tren un viernes en las horas de la tarde. Aseguró que estaría de vuelta a más tardar el lunes en la noche. Nunca regresó y no se encontró ningún rastro de él, ni su maleta, ni su ropa ni sus documentos de identidad. Alguien aseguró haberlo visto por última vez el 16 de septiembre de ese mismo año en la estación de tren de Dijon. De ahí en adelante su destino es todo un misterio. La policía francesa y Scotland Yard realizaron exhaustivas investigaciones que no dieron ningún resultado.

El 12 de diciembre de 1910, Dorothy Arnold, una mujer adinerada de una familia prestante de los Estados Unidos, salió a caminar por las calles de Nueva York. Se sabe que compró una libra de caramelos, luego estuvo en la librería Brentano, donde adquirió un libro que ya había encargado, y minutos más tarde se internó en Central Park a dar un breve paseo. Nunca más se supo de ella. Desapareció sin dejar rastro. Las hipótesis y los chismes no se hicieron esperar: que posiblemente estaba embarazada y había muerto después de realizarse un aborto clandestino; que se había fugado con un hombre humilde del cual se enamoró perdidamente; que fue atacada en el parque y su cuerpo arrojado a un estanque. La familia invirtió una fortuna y llegó incluso a contratar a la famosa Agencia Nacional de Detectives Pinkerton, pero no hubo una sola pista que condujera a solucionar el caso de Dorothy.

En 1914 el teniente chileno Alejandro Bello tenía que presentar un examen de pilotaje para ascender en su carrera militar. Despegó, su avión ascendió rápidamente y desapareció por completo entre las nubes. Nadie volvió a verlo y no se encontraron rastros tampoco de su nave. Más tarde se realizaron varias expediciones en su búsqueda y ninguna de ellas dio resultado. El teniente se extravió en el cielo como un ángel. Una imagen inolvidable.

Un caso que recordé porque ya había investigado sobre él años atrás fue el del explorador Percy Fawcett, quien decidió adentrarse en la selva brasileña en busca de una ciudad prehistórica perdida. Los manuscritos que hablaban de esa gran ciudad perteneciente a un pasado remoto (¿la Atlántida, quizás?) eran un rumor a voces entre los expedicionarios y aventureros de la época. Fawcett no era la excepción y estaba seguro de que esa ciudad había existido. Por eso no dudó en lanzarse en pos de ella. El problema es que, aun conociendo el país y siendo un explorador curtido, no calculó bien los peligros de la selva y desapareció por completo.

Luego llegaron mil rumores, pero la verdad es que nunca se supo qué fue lo que les sucedió a él y a sus hombres. Dijeron que había fundado una comunidad teosófica en medio de la jungla y que decidió no regresar jamás a la civilización occidental; que una tribu de salvajes los había asesinado a todos; que se quedaron sin víveres suficientes y que murieron de hambre y de sed entre dolores atroces; que fueron atacados por bestias que los habían devorado en cuestión de minutos; que se extraviaron hasta enloquecerse y que murieron sin saber dónde estaban ni quiénes eran. Todas las hipótesis son ideales para una novela sobre este magnífico aventurero. Pero hay una que es mi preferida: dicen algunos que Fawcett tuvo un ataque de amnesia, que perdió la memoria y que pasó el resto de sus días como jefe supremo de una tribu de caníbales. La imagen es extraordinaria: el lector y viajero inglés que termina convertido en un tirano que dirige banquetes antropófagos. Insuperable.

Para rematar, una noche mi editor, Andrés Grillo, alias Yogananda, me envió la siguiente cita de la novela *Factotum*, de Charles Bukowski:

Algún día, cuando se demuestre que el mundo tiene cuatro dimensiones en vez de solo tres, un hombre podrá salir a dar un paseo y desaparecer porque sí. Sin funerales, sin lágrimas, sin ilusiones, sin cielo ni infierno.

3

En una segunda tanda, revisé el caso de Jacobo Grinberg, un neurofisiólogo mexicano que se dedicó durante muchos años a estudiar científicamente ciertos casos de curaciones chamánicas. También hizo experimentos para precisar qué sucede con la conciencia en relación con la materia y la energía. Grinberg fue un adelantado a su tiempo y puso en tela de juicio cierta ignorancia mojigata de la ciencia tradicional cuando se refiere al análisis de los trances que experimentan los sanadores indígenas, los éxtasis religiosos, los estados de meditación profunda y los viajes de los chamanes por otras dimensiones. El concepto de realidad suele ser muy pobre. Grinberg amplió ese concepto y se permitió explorar por ciertas disciplinas no convencionales.

El problema es que en 1994, cuando se dirigía a su fiesta de cumpleaños, desapareció por completo. No dejó rastro alguno. Como tenía un viaje pendiente a Nepal en los días siguientes, sus allegados creyeron que él había adelantado el vuelo y que partió sin despedirse. Pero posteriores investigaciones demostraron que en ningún momento estuvo en el aeropuerto ni tomó ningún vuelo nacional o internacional. Es una de las desapariciones más curiosas de los años recientes. Por el carácter de sus investigaciones, surgieron miles de relatos acerca de la ausencia súbita de este médico: que fue raptado en Boulder, Colorado, por los servicios de seguridad norteamericanos para utilizar sus conocimientos con fines bélicos; que ciertos guardianes de un conocimiento primordial lo invitaron a ingresar en una cofradía secreta que vive en el Tíbet escondida; que unos chamanes mexicanos lo condujeron a una ciudad subterránea en la selva Lacandona; o que, sencillamente, Grinberg encontró en su laboratorio cómo trascender a otro estado de la materia y se difuminó en un universo paralelo.

El 14 de septiembre de 2007 desapareció un joven inglés llamado Andrew Gosden. Este adolescente salió de su casa en las horas de la mañana, tomó un tren con destino a la estación de King's Cross en Londres, y no se le volvió a ver jamás. Llevaba su consola de videojuegos, nada más. Varias cámaras de seguridad lo registraron a lo largo de esas horas, pero de pronto la pista se pierde y el joven no vuelve a aparecer después de las 11.25 a. m. de ese mismo día. Algunos testigos afirmaron después haberlo visto vagando por las calles, durmiendo en los bancos de los puentes, pero ninguno de esos testimonios se pudo confirmar. La familia de Andrew le pagó incluso a una empresa privada para que utilizaran un sonar en el Támesis a ver si encontraban el cadáver del joven en el fondo del río. Nada, encontraron otro cuerpo que no tenía nada que ver con el muchacho. Al día de hoy no se sabe qué le sucedió.

Otro joven que desapareció en un metro fue Francisco Albavera Trejo, un estudiante mexicano del que no se volvió a saber nada después del 26 de marzo del año 2012. Ese día las cámaras lo muestran comprando un boleto en la estación de Pantitlán, en Ciudad de México y luego bajando al andén para esperar la línea correspondiente. Y ya. Ninguna cámara volvió a registrarlo en ninguna de las estaciones de la ciudad. No se sabe qué le pudo haber sucedido. Hubo un rumor de un secuestro, pero las autoridades la descartaron porque el estudiante no se ve en ningún momento ni solo ni acompañado saliendo de ningún vagón.

Y quizás el caso más sorprendente de todos es la desaparición del vuelo 370 de Malaysia Airlines, que despegó de Kuala Lumpur el 8 de marzo de 2014 con rumbo a Pekín, y del cual no se volvió a saber nada hasta el día de hoy. Un caso único porque durante meses se utilizaron todas las tecnologías posibles de manera infructuosa. Es el caso más misterioso de la historia de la aviación. Desaparecieron 227 pasajeros y doce tripulantes. En un mundo como el nuestro, cuyo cielo está constantemente vigilado por satélites y radares, es imposible perderle el rastro a una aeronave, y mucho menos a un Boeing 777. Lo cierto es que se esfumó, se desvaneció en el aire, y nunca se supo nada de ninguna de las personas que iban dentro. La esposa de uno de los pasajeros aseguró meses después que el teléfono celular de su marido seguía sonando, lo cual indicaba que estaba activo y en línea, algo completamente imposible. ¿Dónde están esas 239 personas? ¿Muertas en el fondo del mar, convertidas en polvo por una explosión o existiendo en otra dimensión? Nunca lo sabremos.

4

Muchas historias de desapariciones tienen explicaciones plausibles: accidentes, naufragios, asesinatos políticos o simples fugas en pos de una nueva vida. Pero hay otras que son muy difíciles de interpretar. Por ejemplo, en el año 1991 un ganadero rumano llamado Vasile Gorgos salió de su casa de campo a realizar un negocio en un pueblo vecino. Aseguró que en unas cuantas horas estaría de regreso. Compró un tiquete de tren y nunca más se volvió a saber nada de él. Durante treinta años estuvo desaparecido. Todos sus familiares lo dieron por muerto. De repente, el 29 de agosto del año 2021, el anciano Gorgos, ya nonagenario, reapareció frente a su casa con la misma ropa, los mismos documentos de identidad y el mismo tiquete de tren que había comprado en 1991. No recordaba nada extraño. Cuando le preguntaron dónde había estado, él respondió:

—En mi casa.

Según Gorgos, su vida había transcurrido en orden, sin contratiempos de ninguna clase. La prensa internacional mostró incluso fotografías suyas y videos en los cuales se le veía bien de salud. ¿Dónde estuvo este campesino rumano durante tres décadas exactas? ¿Cómo regresó a casa? ¿Quién lo condujo hasta la puerta de su propiedad? Ni idea, no se sabe. ¿El anciano cruzó un umbral espaciotemporal, quedó suspendido en una dimensión alterna y de pronto se esfumaron de su vida treinta años exactos? No hay cómo saberlo.

Mientras escribía este breve epílogo estuve en el embalse del Neusa y caminé largamente por sus alrededores. Hablé con un par de lugareños y aseguraron que en las horas de la noche a veces se ven luces extrañas suspendidas en el aire, sobre las aguas. Afirman que no se trata de globos ni de drones, sino de reflectores intensos que sobrevuelan el lago para después desaparecer en el firmamento.

Visité también la casa donde estuvieron los cuatro jóvenes y no hay nada raro en ella. Es una cabaña agradable, construida en ladrillo ennegrecido, madera y paja en el techo. Un bello lugar para ir a leer y descansar. Los vecinos me contaron que la casa se encuentra hoy en día desocupada y que no la han vuelto a alquilar después de la extraña desaparición de los cuatro estudiantes. Me imaginé en más de una ocasión la última noche de ellos, con la fogata encendida y fundando La Iglesia de lo Desconocido.

He urdido mil hipótesis: que los secuestraron, algo salió mal y tuvieron que eliminarlos y desaparecer los cuerpos; que Los Cuatro Caballeros del Círculo Solar planearon todo con sumo cuidado, que se fugaron para escapar de esta sociedad que despreciaban, y que hoy en día, con documentos falsos, están viviendo en La Guajira, en el Chocó o en el Amazonas, en algún lugar remoto donde nadie los encuentre; he pensado también, como lo hizo Antón en su momento, que el senador mandó matar a su hijo para que no le causara problemas con su candidatura a la presidencia de la República, y que los matones fueron descubiertos y tuvieron que eliminar de paso a Martín, a Karla y a Katherine; y tampoco he desechado la idea de una Clementina ultrarreligiosa, de extrema derecha, que sintió que debía purificar a los endemoniados de todos sus pecados, y que les dio la orden a sus compinches evangélicos para que suprimieran de la faz de la Tierra a los herejes. Al fin y al cabo, como ella nunca fue interrogada, no se supo nada de sus movimientos a lo largo de esos días. Pudo haber escapado perfectamente durante varias horas y Antón no se habría dado cuenta. Intenté hablar con la mujer en varias ocasiones, pero cambió de celular y nadie da razón de ella. En el culto al que solía asistir dijeron que no la habían vuelto a ver. Punto. *Kaput*.

A veces pienso en la teoría descabellada de El Rapto, de los 144 000 elegidos que se salvarán de vivir la hecatombe final. Mientras las guerras avanzan en el Medio Oriente y en Ucrania, y mientras el cambio climático hace estragos por todo el globo, quizás estos cuatro jóvenes pertenezcan a esa lista de privilegiados que están siendo transportados a otra dimensión. Una noche incluso saqué mi vieja Biblia y leí en Apocalipsis 7:4: “Y oí el número de los sellados: 144 000 sellados de todas las tribus de los hijos de Israel”.

Finalmente, en tardes como esta, pienso en que quizás hayan despertado en algún pueblito pesquero de Vietnam o de Tailandia, o en la mitad de una refriega en Paraguay, o en medio de una epidemia de ébola en Nigeria o en Senegal. Tal vez ingresaron en un agujero de gusano y cuando salieron al otro lado estaban en Anchorage o en Sierra Leona. Y si se trata de un caso como el de Vasile Gorgos y en treinta años, cuando yo ya no esté, reaparecen a la orilla del lago como si nada hubiera ocurrido, me gustaría que leyeran estas páginas y que supieran que durante muchos meses me desvelé pensando en ellos e intenté comprender sus anhelos, sus ideas y los más intensos sentimientos que cruzaron por sus vidas.

Estén donde estén, que los dioses se apiaden de ellos y los protejan.

Guatavita, 2024.

AGRADECIMIENTOS

Quiero agradecer encarecidamente a los investigadores Felipe Useche de la Cruz y Alejandro Convers Elías por sus labores de recolección de datos, archivo y documentación. Durante varias semanas ellos estuvieron recogiendo un material que luego se convertiría en la materia prima de este relato. Nuestras largas conversaciones me dieron luces sobre quiénes eran realmente los protagonistas de este libro. Gracias por tanto, muchachos.

Muchas gracias al juez José Alejandro Hofmann por ilustrarme acerca de la importancia de la lucha por los derechos de los discapacitados en Colombia. Las conversaciones con él me dieron otra perspectiva acerca de los protagonistas de esta historia.